FRAUDE LEGÍTIMA

Também de E. Lockhart:

O histórico infame de Frankie Landau-Banks
Mentirosos

e. lockhart

FRAUDE LEGÍTIMA

Tradução
Flávia Souto Maior

SEGUINTE
O selo jovem da Companhia das Letras

Tradução publicada mediante acordo com Random House Children's Book, uma divisão da Penguin Random House LLC.

O selo Seguinte pertence à Editora Schwarcz S.A.

Grafia atualizada segundo o Acordo Ortográfico da Língua Portuguesa de 1990, que entrou em vigor no Brasil em 2009.

TÍTULO ORIGINAL Genuine Fraud

CAPA Erin Fitzsimmons

IMAGEM DE CAPA © 2017 by Christine Blackburne/ MergeLeft Reps, Inc.

PROJETO GRÁFICO Stephanie Moss

PREPARAÇÃO Lígia Azevedo

REVISÃO Renata Lopes Del Nero e Luciane Varela Gomide

Dados Internacionais de Catalogação na Publicação (CIP)
(Câmara Brasileira do Livro, SP, Brasil)

Lockhart, E.
Fraude legítima / E. Lockhart ; tradução Flávia Souto Maior.
— 1ª ed. — São Paulo : Seguinte, 2017.

Título original: Genuine Fraud.
ISBN 978-85-5534-051-2

1. Ficção - Literatura juvenil I. Título.

17-06885 CDD-028.5

Índices para catálogo sistemático:
1. Ficção : Literatura infantojuvenil 028.5
2. Ficção : Literatura juvenil 028.5

[2017]

EDITORA SCHWARCZ S.A.
Rua Bandeira Paulista, 702, cj. 32
04532-002 — São Paulo — SP
Telefone: (11) 3707-3500
www.seguinte.com.br
contato@seguinte.com.br

/editoraseguinte
@editoraseguinte
Editora Seguinte
editoraseguinte
editoraseguinteoficial

Para todos aqueles que aprenderam que bom é sinônimo de pequeno e silencioso, aqui está o meu coração com todos os seus nós feios e sua esplêndida fúria

18

Comece aqui:

TERCEIRA SEMANA DE JUNHO, 2017
CABO SAN LUCAS, MÉXICO

Era um hotel excelente.

O frigobar do quarto de Jule tinha batatinhas e quatro tipos diferentes de chocolate. A banheira soltava jatos de espuma. Havia um estoque infinito de toalhas felpudas e sabonete líquido de gardênia. No saguão, um homem tocava Gershwin em um piano de cauda diariamente, às quatro da tarde. Dava para fazer tratamentos com argila quente, se a pessoa não se importasse de ser tocada por estranhos. A pele de Jule cheirava a cloro o dia todo.

O Playa Grande Resort, em Baja, tinha cortinas brancas, ladrilhos brancos, carpetes brancos e uma quantidade enorme de sofisticadas flores brancas. Com suas roupas de algodão brancas, os funcionários pareciam enfermeiros. Jule já estava sozinha no hotel havia quase quatro semanas. Ela tinha dezoito anos.

Nesta manhã, ela corria na academia do Playa Grande sem ouvir música. Usava tênis customizados verde-água com cadarços azul-marinho. Estava fazendo um treino intervalado havia quase uma hora quando uma mulher subiu na esteira ao lado dela.

Ela tinha menos de trinta anos. Os cabelos pretos estavam presos em um rabo de cavalo firme, reforçado com laquê. Ela tinha braços grandes, um tronco sólido, pele morena-clara e um pouco de blush no rosto. Os sapatos estavam gastos e sujos de lama.

Não havia mais ninguém na academia.

Jule diminuiu o ritmo para uma caminhada, pensando em parar em seguida. Gostava de privacidade e, de qualquer modo, já tinha quase terminado.

— Está treinando? — a mulher perguntou. Ela apontou para o painel digital de Jule. — Pra uma maratona ou algo assim? — Ela tinha um leve sotaque mexicano. Devia ser de Nova York, criada em um bairro latino.

— Eu era da equipe de atletismo na escola. — A fala de Jule era clara e direta, como se fosse uma apresentadora da BBC.

A mulher lançou a ela um olhar penetrante.

— Gosto do seu sotaque — ela disse. — De onde você é?

— De Londres. St. John's Wood.

— Nova York — a mulher disse, apontando para si mesma.

Jule saiu da esteira para alongar as pernas.

— Vim sozinha — a mulher falou depois de um instante. — Cheguei ontem à noite, fiz a reserva de última hora. Está aqui há muito tempo?

— Não o bastante pra um lugar como este — Jule respondeu.

— O que você recomenda? No Playa Grande, digo?

Jule quase não falava com outros hóspedes, mas não viu problema em responder.

— Mergulho com snorkel — ela disse. — Vi uma moreia gigantesca.

— Não brinca! Uma moreia?

— O guia a atraiu com algumas vísceras de peixe. Ela saiu do meio das pedras. Era verde-clara, devia ter uns dois metros e meio de comprimento.

A mulher estremeceu.

— Não gosto de moreias.

— Você pode pular essa parte. É meio assustador.

A mulher riu.

— Como é o restaurante? Não comi nada ainda.

— Peça bolo de chocolate.

— No café da manhã?

— Ah, sim. Se pedir, eles fazem especialmente pra você.

— Bom saber. Está viajando sozinha?

— Tenho que ir — disse Jule, sentindo que a conversa havia se tornado pessoal. — Até mais. — Ela seguiu na direção da porta.

— Meu pai está muito doente — a mulher disse, conversando com as costas de Jule. — Faz um tempão que estou cuidando dele.

Uma pontada de empatia. Jule parou e se virou.

— Fico com ele todas as manhãs e todas as noites depois do trabalho — a mulher continuou. — Agora ele está finalmente estável, e eu queria tanto relaxar que nem pensei no preço. Estou gastando uma grana que não deveria aqui.

— O que seu pai tem?

— Esclerose múltipla — respondeu a mulher. — E demência. Ele costumava ser o líder da família. Muito assertivo. Com opiniões fortes. Agora não passa de um corpo contorcido na cama. Metade do tempo, nem sabe onde está. Fica me perguntando se sou a garçonete dele e coisas do tipo.

— Que merda.

— Ao mesmo tempo que tenho medo de que ele morra, odeio ter que ficar perto dele. Sei que depois que ele morrer vou me arrepender de ter me afastado dele por causa dessa viagem, sabe? — A mulher colocou os pés nas laterais da esteira, parando de correr. Secou os olhos com o dorso da mão. — Desculpe. Estou falando demais.

— Tudo bem.

— Pode ir. Vá tomar seu banho, ou seja lá o que for fazer. A gente se vê por aí.

A mulher arregaçou as mangas da camiseta e se virou para o mostrador digital da esteira. Uma cicatriz descia por seu antebraço direito, irregular, como se tivesse sido feita por uma faca. Não era reta, como a de uma cirurgia — havia uma história ali.

— Você gosta de jogos de perguntas e respostas? — Jule perguntou, indo contra seu bom senso.

Um sorriso. Dentes brancos, mas tortos.

— Modéstia à parte, é uma das minhas especialidades.

— Dia sim, dia não, rola esse tipo de coisa no salão do térreo — disse Jule. — É só um monte de bobagem, mas quer ir?

— Que tipo de bobagem?

— Bobagens divertidas. Ridículas e escandalosas.

— Legal. Pode ser.

— Ótimo — disse Jule. — Vamos arrasar. Você vai ficar

feliz por ter tirado férias. Sou boa em super-heróis, filmes de espionagem, youtubers, malhação, finanças, maquiagem e escritores vitorianos. E você?

— Escritores vitorianos? Tipo Dickens?

— É, tipo isso. — Jule sentiu o rosto corar. De repente, parecia um conjunto estranho de coisas pelas quais se interessar.

— Amo Dickens.

— Sério?

— Sério. — A mulher deu outro sorriso. — Sou boa em Dickens, culinária, atualidades, política... O que mais? Ah, gatos.

— Ótimo — disse Jule. — Começa às oito, no salão que dá para o saguão principal. Onde tem o bar com sofás.

— Oito horas. Combinado. — A mulher se aproximou e estendeu a mão. — Como é seu nome mesmo? O meu é Noa.

Jule apertou a mão dela.

— Nem cheguei a me apresentar. Me chamo Imogen.

Jule West Williams tinha aparência mediana. Raramente era rotulada como *feia*, mas não era o tipo de garota que costumava ser considerada *linda*. Era baixa, com apenas um metro e cinquenta e cinco, e andava sempre de cabeça erguida. Tinha um corte de cabelo joãozinho com reflexos loiros e raízes escuras. Olhos verdes, pele branca, sardas claras. A maior parte das roupas que usava não revelava seu corpo forte. Os músculos de Jule se sobressaíam dos ossos em poderosos arcos — como se tivesse sido desenhada por um quadrinista, principalmente as pernas. Cobrindo sua parede rígida de músculos abdominais, havia uma camada de gordura, resultado do gosto da garota por carne, sal, chocolate e açúcar.

Jule acreditava que quanto mais se suava no treino, menos se sangrava na batalha.

Ela acreditava que a melhor forma de evitar ter o coração partido era fingir não ter coração.

Acreditava que a *forma* como se falava era, na maior parte das vezes, mais importante do que qualquer coisa que se tivesse a dizer.

Também acreditava em filmes de ação, em musculação, no poder da maquiagem, em memorização, em direitos iguais e que vídeos do YouTube podiam ensinar um milhão de coisas que ninguém aprende na faculdade.

Se confiasse em alguém, Jule contaria que estudou em Stanford com uma bolsa de estudos de atletismo.

— Fui recrutada — ela explicaria. — Stanford está na primeira divisão. Cobria as mensalidades, os livros e todo o resto.

O que aconteceu?

Jule poderia dar de ombros.

— Eu queria estudar literatura vitoriana e sociologia, mas o técnico era um tarado — ela diria. — Molestava todas as meninas. Quando chegou perto de mim, eu dei um chute no meio das pernas dele e contei o que tinha acontecido para todo mundo que quisesse ouvir. Professores, alunos, o *Stanford Daily*. Gritei aos quatro ventos do mundo acadêmico, mas todos sabem o que acontece com atletas que revelam histórias sobre seus técnicos.

Ela retorceria os dedos e abaixaria os olhos.

— As outras meninas da equipe negaram tudo — diria. — Falaram que eu estava mentindo e que aquele tarado nunca tinha encostado a mão em ninguém. Não queriam que os pais soubessem e tinham medo de perder a bolsa. Fim. Ele não perdeu o emprego. Eu saí da equipe, o que significava perder a bolsa. E é dessa forma que uma aluna exemplar acaba abandonando os estudos.

Depois da academia, Jule nadou um quilômetro e meio na piscina do Playa Grande e passou o resto da manhã como costumava passar: sentada no *business center*, assistindo a vídeos em espanhol. Ela ainda vestia roupa de banho, mas usava seus tênis verde-água. Havia passado batom rosa-shocking e um delineador prateado. O maiô era grafite, com uma argola enfeitando o decote profundo. Parecia uma super-heroína de um quadrinho da Marvel.

O lugar tinha ar-condicionado. Estava sempre vazio. Jule

botou os pés para cima e colocou os fones de ouvido enquanto bebia uma coca zero.

Depois de duas horas de espanhol, almoçou uma barra de chocolate e começou a assistir a videoclipes. Gastou a energia da cafeína dançando e cantando para a fileira de cadeiras giratórias na sala vazia. A vida parecia maravilhosa naquele dia. Tinha gostado daquela mulher triste que fugia do pai doente, com sua cicatriz interessante e um gosto literário surpreendente.

Elas arrasariam no jogo de perguntas e respostas.

Tomou outra coca zero. Verificou a maquiagem e deu um golpe de *kickboxing* no seu próprio reflexo na janela da sala. Depois riu alto, porque parecia ao mesmo tempo boba e incrível. O tempo todo, sentia os batimentos cardíacos em seus ouvidos.

O cara que trabalhava no bar da piscina, Donovan, era um local grandalhão e gentil. Tinha cabelos lisos e dava piscadinhas para a clientela. Falava inglês com o sotaque particular de Baja e sabia o que Jule gostava de beber: coca zero com uma dose de xarope de baunilha.

Algumas tardes, Donovan perguntava a Jule sobre sua infância em Londres. Ela aproveitava para praticar seu espanhol. Os dois assistiam a filmes na tela sobre o bar enquanto conversavam.

Aquele dia, às três da tarde, Jule sentou na banqueta do canto, ainda de maiô. Donovan vestia um blazer branco do Playa Grande e camiseta. Os pelos em sua nuca estavam altos.

— Que filme é esse? — ela perguntou, olhando para a TV.

— *Hulk*.

— Qual?

— Não sei.

— Foi você que colocou o DVD. Como pode não saber?

— Eu nem sabia que existia mais de um Hulk.

— Existem três. Não, calma. São vários na verdade. Se contar os da TV, os desenhos e todo o resto.

— Não sei que Hulk é esse, srta. Williams.

O filme continuou passando. Donovan lavou os copos e limpou o balcão. Preparou um uísque com refrigerante para uma mulher, que levou a bebida para a outra ponta da área da piscina.

— Esse é o segundo melhor Hulk — disse Jule, quando ele voltou. — Como se diz *scotch* em espanhol?

— *Escocés*.

— *Escocés*. Que marca é boa?

— Você não bebe nunca.

— Mas *se* eu bebesse.

— Macallan — Donovan respondeu, dando de ombros. — Quer que eu sirva um pouquinho?

Ele encheu cinco copinhos com marcas diferentes de uísques escoceses de boa qualidade. Explicou sobre *scotches* e uísques e por que se deve pedir um e não o outro. Jule experimentou todos, mas não bebeu muito.

— Este aqui tem cheiro de sovaco — ela disse.

— Você é louca.

— E aquele tem cheiro de gasolina.

Ele se inclinou sobre o copo para sentir o cheiro.

— Pode ser.

Ela apontou para o terceiro.

— Xixi de cachorro, daqueles bem bravos.

Donovan riu.

— Os outros têm cheiro de quê? — ele perguntou.

— Sangue ressecado — Jule respondeu. — E aquele troço que se usa pra limpar banheiro.

— De qual você gostou mais?

— Do sangue ressecado — ela disse, enfiando o dedo no copo e experimentando novamente. — Qual é o nome deste?

— É o Macallan. — Donovan tirou os copos. — Ah, esqueci de contar: uma mulher perguntou de você mais cedo. Ou talvez não fosse você, não dá pra ter certeza.

— Que mulher?

— Uma moça mexicana. Perguntou em espanhol sobre uma americana branca com cabelos loiros e curtos, viajando sozinha — Donovan respondeu. — Ela falou sobre sardas. — Ele tocou o próprio rosto. — No nariz.

— O que você disse a ela?

— Disse que o hotel é grande e está cheio de americanos. Não sei quem está sozinho ou acompanhado.

— Não sou americana — Jule disse.

— Eu sei. Por isso disse a ela que não tinha visto ninguém com aquela descrição.

— Sério?

— Sim.

— Mas acha que era de mim que ela estava falando?

Ele olhou para Jule por um longo minuto.

— Acho, sim — ele finalmente respondeu. — Não sou idiota, srta. Williams.

Noa sabia que ela era americana.

Aquilo significava que ela era policial. Ou algo do tipo. Tinha que ser.

Toda aquela conversa não passava de uma armação para Jule. O pai doente, Dickens, a história de que ficaria órfã. Noa sabia exatamente o que dizer. Lançara aquela isca — "Meu pai está muito doente." — e Jule a mordera, faminta.

Ela sentiu o rosto esquentar. Estava sozinha e fraca. Fora tola de cair naquela conversa. Era tudo um truque, para que Jule a visse como confidente — e não como adversária.

Jule voltou para o quarto, tentando parecer o mais relaxada possível. Uma vez lá, pegou seus itens de valor no cofre. Vestiu jeans e camiseta, calçou botas e colocou o máximo de roupas que conseguiu em sua mala mais pequena. Abandonou o restante. Sobre a cama, deixou cem dólares de gorjeta para Gloria, a camareira com quem às vezes conversava. Depois puxou a mala de rodinhas pelo corredor e a escondeu ao lado da máquina de gelo.

De volta ao bar da piscina, disse a Donovan onde a mala estava. Ela deslizou uma nota de vinte dólares sobre o balcão.

Pediu um favor.

Deslizou outra nota de vinte e passou as instruções.

Jule deu uma olhada no estacionamento dos funcionários e encontrou o pequeno sedã azul do barman destrancado. Ela abriu a porta traseira e se deitou no chão. Estava cheio de sacos plásticos vazios e copos de café.

Teve que esperar uma hora até que o turno de Donovan terminasse. Com sorte, Noa não perceberia que havia algo errado até que já fossem umas oito e meia e ela não tivesse aparecido para a noite de jogos. Então verificaria as empresas de táxi e o serviço de transporte para o aeroporto antes de pensar no estacionamento dos funcionários.

Estava abafado e quente dentro do carro. Jule ouviu passos.

Sentiu uma cãibra no ombro. Estava com sede.

Donovan ia ajudá-la, certo?

Sim. Ele já havia quebrado um galho para ela. Havia dito a Noa que não sabia de quem ela estava falando, e alertou Jule. Prometeu pegar sua mala e lhe dar uma carona. E ela havia lhe dado dinheiro.

Além disso, os dois eram amigos.

Jule esticou um joelho de cada vez, depois se encolheu novamente no espaço entre os assentos.

Pensou no que estava usando, então tirou os brincos e o anel de jade e os guardou no bolso da calça. Obrigou-se a respirar com mais calma.

Finalmente, ouviu o som de uma mala de rodinhas e o porta-malas sendo fechado. Donovan entrou na frente do volante, deu a partida e saiu com o carro do estacionamento. Jule permaneceu no chão enquanto ele dirigia. A avenida tinha poucos semáforos. Tocava música pop mexicana no rádio.

— Pra onde quer ir? — Donovan perguntou, depois de um tempo.

— Pra qualquer parte da cidade.

— Então vou pra casa. — De repente, a voz dele pareceu ameaçadora.

Droga. Ela teria cometido um erro ao entrar no carro dele? Seria Donovan um desses caras que pensam que uma garota precisa pagar um favor com sexo?

— Pode me deixar longe de onde você mora — ela disse com rispidez. — Eu me viro.

— Não precisa falar desse jeito — ele disse. — Estou me arriscando por você.

Imagine isso: uma casa adorável no subúrbio de uma cidade no Alabama, onde a Jule de oito anos de idade acorda no escuro uma noite. Terá ouvido um barulho?

Ela não tem certeza. A casa parece silenciosa.

A pequena Jule desce as escadas vestindo uma camisola cor-de-rosa de tecido fino.

No andar de baixo, um arrepio de medo percorre seu corpo. A sala está toda destruída, com livros e papéis jogados por todo o lado. O escritório está ainda pior. Os arquivos foram derrubados. Os computadores sumiram.

— Mamãe? Papai? — A garotinha corre para o andar de cima e olha no quarto de seus pais.

Vazio.

Agora ela está *realmente* assustada. Abre a porta do banheiro. Não encontra ninguém. Então corre para fora.

Árvores altas contornam o jardim. A pequena Jule está na metade do caminho quando se dá conta do que está vendo, sob a luz de um poste.

Mamãe e papai estão caídos na grama, com o rosto para baixo. Seus corpos estão largados e moles. As poças de sangue já escureceram sob eles. Mamãe tomou um tiro na cabeça. Deve ter morrido instantaneamente. Papai também está morto, mas os únicos ferimentos visíveis estão nos braços. Deve ter morrido devido ao sangramento. Ele está curvado sobre mamãe, como se estivesse pensando apenas nela em seus momentos finais.

Jule corre de volta para dentro de casa para chamar a polícia. Mas o telefone está desligado.

Ela volta ao jardim, querendo fazer uma oração, pensando em se despedir, pelo menos — mas os corpos de seus pais desapareceram. O assassino os levou embora.

A pequena Jule não se permite chorar. Passa o resto da noite sentada naquele círculo de luz, ensopando a camisola no sangue espesso.

Durante as duas semanas seguintes, ela fica sozinha naquela casa saqueada. Permanece forte. Cozinha para si mesma e vasculha os papéis que restaram, procurando pistas. Ao ler os documentos, vai descobrindo vidas cheias de heroísmo, poder e identidades secretas.

Uma tarde, ela está no sótão vendo fotografias antigas quando uma mulher vestida de preto aparece.

A mulher dá um passo à frente, mas Jule é ágil. Ela atira um abridor de cartas, com força e rapidez, mas a mulher o pega com a mão esquerda. A menina escala uma pilha de caixas e agarra uma viga no alto. Corre sobre ela e passa por uma janela apertada que dá para o telhado. O pânico atinge seu peito.

A mulher vai atrás dela. A pequena Jule salta do telhado para os galhos de uma árvore vizinha e quebra um graveto afiado para usar como arma. Segura-o com a boca enquanto desce. Está correndo para se esconder nos arbustos quando a mulher atira em seu tornozelo.

A dor é intensa. Jule tem certeza de que a assassina de seus pais veio para pôr um fim na vida dela. Porém, quando a mulher se aproxima da menina, ela a ajuda a levantar e cuida de seu ferimento. Retira a bala e limpa o machucado com antisséptico.

Enquanto faz o curativo, a mulher explica que é uma

recrutadora. Esteve observando Jule durante as duas últimas semanas. A menina não é apenas filha de duas pessoas excepcionalmente habilidosas como também tem um intelecto notável e um intenso instinto de sobrevivência. Ela quer treinar Jule e ajudá-la a se vingar — e, uma vez que é uma espécie de tia distante, sabe todos os segredos que os pais escondiam de sua única e tão amada filha.

É nesse momento que uma educação altamente incomum se inicia. Jule vai para uma academia especial situada em uma mansão reformada, em uma rua comum da cidade de Nova York. Ela aprende técnicas de vigilância, a dar saltos mortais para trás, a remover algemas e camisas de força. Usa calça de couro e enche os bolsos de dispositivos. Tem aulas de línguas estrangeiras, convenções sociais, literatura, artes marciais, uso de armas de fogo, disfarces, sotaques variados, métodos de falsificação, particularidades da lei. A formação dura dez anos. Quando termina, Jule se tornou o tipo de mulher que nunca deve ser subestimada.

Essa é a história de origem de Jule West Williams. Quando estava vivendo no Playa Grande, ela diria que esta era a história favorita sobre a sua vida.

Donovan parou e abriu a porta do motorista. A luz do carro acendeu.

— Onde estamos? — Jule perguntou. Estava escuro do lado de fora.

— San José del Cabo.

— Você mora aqui?

— Não.

Jule ficou aliviada, mas o local parecia escuro demais. Não deveria haver postes e estabelecimentos comerciais iluminados para a multidão de turistas?

— Tem alguém por perto? — ela perguntou.

— Parei em uma viela para você não ser vista saindo do meu carro.

Jule rastejou para fora. Seus músculos estavam doloridos e ela tinha a sensação de que seu rosto estava oleoso. Havia uma série de latas de lixo ali. A única luz vinha de algumas janelas no segundo andar de um prédio.

— Obrigada pela carona. Pode abrir o porta-malas?

— Você disse que me daria cem dólares se eu te tirasse do hotel.

— Sim. — Jule tirou a carteira do bolso de trás e pagou.

— Mas o preço aumentou — Donovan acrescentou.

— Quê?

— Agora são trezentos.

— Achei que fôssemos amigos.

Ele deu um passo na direção dela.

— Preparo drinques pra você porque é meu trabalho. Finjo gostar de conversar com você porque também faz parte do meu trabalho. Acha que não percebo seus olhares de desprezo? *O segundo melhor Hulk. Tipos de* scotch. Não somos amigos, srta. Williams. Você passa metade do tempo mentindo pra mim, e eu passo o tempo todo mentindo pra você. — Ela podia sentir o cheiro da bebida alcoólica derramada em sua camisa. O hálito dele era quente junto a seu rosto.

Jule realmente havia acreditado que ele gostava dela. Contavam piadas um ao outro e ele tinha dado petiscos de graça para ela.

— Uau — disse em voz baixa.

— Mais trezentos — ele disse.

Seria ele um pequeno vigarista extorquindo uma garota cheia de dólares? Ou era uma pessoa desprezível que pensava que ela ia se esfregar nele em vez de lhe dar mais dinheiro? Noa poderia tê-lo subornado?

Jule guardou a carteira no bolso. Ajeitou a alça da bolsa, de modo que ficou transpassada no peito.

— Donovan? — Ela deu um passo à frente, aproximando-se. Encarou-o com olhos arregalados.

Então levantou o braço direito com força, empurrou a cabeça dele para trás e deu um soco em sua virilha. Ele dobrou o corpo para a frente. Jule agarrou seus cabelos lisos e puxou sua cabeça para trás. Ela o retorceu, fazendo com que perdesse o equilíbrio.

Donovan fez um movimento com o cotovelo, acertando o peito de Jule. Doeu, mas ele errou a segunda investida quando ela desviou, agarrou seu cotovelo e o torceu. O braço dele era macio, repugnante. Ela segurou firme e, com a mão livre, tirou seu dinheiro dos dedos gananciosos dele.

Jule enfiou o dinheiro no bolso da calça e puxou o cotovelo de Donovan com força enquanto verificava seus bolsos, procurando seu celular.

Não estava ali. No bolso de trás, então.

Ela encontrou o aparelho e o guardou no sutiã, por falta de lugar melhor. Agora Donovan não poderia ligar para Noa informando a localização dela, mas ele ainda estava com a chave do carro na mão esquerda.

Ele deu um chute na canela dela. Jule socou o pescoço dele, e Donovan se curvou para a frente. Com um empurrão forte, o homem caiu no chão. Ele tentou levantar, mas Jule pegou a tampa de metal de uma das lixeiras próximas e bateu duas vezes com ela na cabeça dele. Donovan caiu sobre uma pilha de sacos de lixo, com sangue escorrendo da testa e de um dos olhos.

Jule se afastou dele. Ainda segurava a tampa.

— Largue a chave.

Gemendo, Donovan estendeu a mão esquerda e jogou a chave a poucos centímetros de seu corpo.

Ela a pegou e abriu o porta-malas. Tirou a mala de rodinhas e saiu correndo pela rua antes que ele conseguisse levantar.

Jule diminuiu o passo para uma caminhada quando chegou à avenida principal de San José del Cabo. Deu uma olhada em sua camisa. Parecia limpa o suficiente. Passou a mão lenta e calmamente no rosto, procurando qualquer coisa nele — terra, cuspe ou sangue. Tirou um espelhinho da bolsa e se olhou enquanto andava, usando-o para espiar atrás de si.

Não havia ninguém.

Ela passou um batom cor-de-rosa fosco, fechou o espelhinho e diminuiu ainda mais o ritmo dos passos.

Não podia parecer estar fugindo.

O ar estava morno e dava para ouvir música saindo dos bares. Turistas circulavam na frente de muitos deles — brancos, negros e mexicanos, todos bêbados e barulhentos. Pessoas atrás de férias baratas. Jule jogou a chave e o celular de Donovan em uma lata de lixo. Procurou um táxi ou um ônibus, mas não encontrou nenhum.

Tudo bem.

Ela precisava se esconder e trocar de roupa, caso Donovan fosse atrás dela. E era exatamente isso que ia acontecer se ele estivesse trabalhando para Noa. Ou se quisesse vingança.

Imagine-se agora em um filme. Sombras passando por sua pele macia enquanto caminha. Hematomas estão se formando sob suas roupas, mas seu cabelo continua perfeito. Você tem armas — estilhaços finos de metal que desempenham proezas tecnológicas muito violentas. Há venenos e antídotos em seus bolsos.

Você é o centro da história. Só você e mais ninguém. Tem aquela narrativa de origem interessante, aquela formação fora do comum. É implacável, brilhante, não tem medo de nada. Deixou um rastro de corpos, porque faz o que quer que seja necessário para permanecer viva — mas, no fim, é só mais um dia de trabalho.

Você brilha sob a luz das janelas dos bares mexicanos. Depois de uma briga, suas bochechas estão coradas. E suas roupas vestem superbem.

Sim, é verdade que você é violenta. Até mesmo brutal. Mas esse é seu trabalho e você é qualificada de uma maneira única, e isso te torna sexy.

Jule assistiu a uma porrada de filmes. Ela sabia que mulheres raramente eram o centro desse tipo de história. Não passavam de um refresco para os olhos, companheiras, vítimas ou interesses amorosos. Em geral, existiam para ajudar o grandioso herói branco e heterossexual em sua jornada épica e muito foda. Quando *havia* uma heroína, ela era muito magra, usava quase nenhuma roupa e tinha dentes perfeitos.

Jule sabia que não parecia com aquelas mulheres. Nunca ia parecer. Mas ela era tudo o que aqueles heróis eram — e, em certos aspectos, mais ainda.

Também sabia disso.

Entrou em um bar. Estava mobiliado com mesas de piquenique e as paredes eram decoradas com peixes empalhados. A maioria dos clientes eram norte-americanos enchendo a cara após um dia de pesca esportiva. Jule foi rapidamente para os fundos, olhou para trás e entrou no banheiro masculino.

Estava vazio. Ela entrou na cabine. Donovan nunca ia procurá-la ali.

O assento da privada estava úmido e com uma camada amarela. Ela remexeu na mala até encontrar uma peruca preta de corte chanel com franja. Depois de colocá-la, tirou o batom, passou um gloss escuro e aplicou pó no nariz. Vestiu um cardigã preto sobre a camiseta branca.

Um cara entrou e usou o mictório. Jule permaneceu imóvel, feliz por estar usando calça jeans e botas pretas pesadas. Apenas seus pés e a parte de baixo da mala estariam visíveis.

Outro cara entrou e usou a cabine ao lado. Ela olhou para os sapatos dele.

Era Donovan.

Conhecia os crocs brancos encardidos dele. Sua calça do uniforme do Playa Grande, que parecia de enfermeiro. O coração dela começou a acelerar.

Jule rapidamente levantou a mala do chão e a segurou no alto, de modo que ele não pudesse vê-la. Permaneceu imóvel.

Donovan deu a descarga e Jule o ouviu indo até a pia e abrir a torneira.

Outro cara entrou.

— Pode me emprestar seu celular? — Donovan perguntou em inglês. — É uma ligação rápida.

— Alguém te deu uma surra, cara? — O outro homem tinha sotaque californiano.

— Estou bem — respondeu Donovan. — Só preciso de um celular.

— Não consigo fazer ligações daqui, só mandar mensagens de texto — o americano respondeu. — E meus amigos estão me esperando.

— Não vou roubar seu aparelho — disse Donovan. — Só preciso...

— Sem chance, cara. Mas boa sorte. — O americano saiu sem usar o banheiro.

Donovan precisava do celular porque estava sem a chave do carro e queria uma carona? Ou ia ligar para Noa?

Ele suspirou, como se sentisse dor. Não voltou a abrir a torneira.

Por fim, saiu.

Jule colocou a mala no chão. Sacudiu as mãos para fazer o sangue voltar a circular e alongou os braços atrás das costas. Ainda na cabine, contou seu dinheiro, tanto os pesos quanto os dólares. Verificou a peruca no espelho compacto.

Quando teve certeza de que Donovan tinha ido embora, saiu confiante do banheiro masculino, como se não fosse nada, e se dirigiu para a rua. Do lado de fora, abriu caminho pela multidão de festeiros até uma esquina. Deu sorte — um táxi parou. Ela entrou e pediu para ir até o Grand Solmar, o resort ao lado do Playa Grande.

Lá, pegou um segundo táxi com facilidade. Pediu para o novo motorista levá-la para uma hospedaria no centro, que fosse barata e pertencesse a um morador local. Ele a levou para o Cabo Inn.

O lugar era péssimo. Paredes vagabundas, pintura suja, móveis de plástico, flores artificiais sobre o balcão. Jule se registrou com um nome falso e pagou em pesos. O atendente não pediu documento.

No quarto, usou a pequena cafeteira para fazer uma xícara de café descafeinado. Colocou três pacotinhos de açúcar. Sentou-se na beirada da cama.

Precisaria fugir?

Não.

Sim.

Não.

Ninguém sabia onde ela estava. Ninguém na face da terra. Aquilo deveria deixá-la contente. Afinal, ela queria desaparecer.

Mas ficou com medo.

Queria estar com Paolo. Queria estar com Imogen.

Queria poder desfazer tudo o que havia acontecido.

Se pelo menos pudesse voltar no tempo, poderia ser uma pessoa melhor. Ou uma pessoa diferente. Seria mais ela mesma. Ou menos. Não sabia o quê, porque não tinha mais certeza de qual era a forma do seu verdadeiro *eu*. Talvez não existisse nenhuma Jule, mas sim uma série de personas que ela apresentava em diferentes contextos.

Todos eram assim? Não havia um verdadeiro *eu*?

Ou isso acontecia apenas com ela?

Jule não sabia se era capaz de amar seu próprio coração, estranho e deformado. Queria que outra pessoa fizesse aquilo por ela, que o visse batendo atrás das costelas e dissesse: *Posso ver quem você é de verdade. Está aí, e é algo raro e valioso. Eu te amo.*

Como era obscuro e idiota ser mutilada e estranha, não ter uma forma em particular, nem um *eu* enquanto a vida se desenrolava diante de si. Jule possuía talentos raros. Trabalhava muito e realmente tinha coisas a oferecer. Estava consciente de tudo isso.

Então por que se sentia inútil?

Queria ligar para Imogen. Queria poder ouvir sua risada baixa e suas frases intermináveis cheias de segredos. Queria poder dizer: *Estou com medo.* E Immie diria: *Mas você é corajosa, Jule. É a pessoa mais corajosa que conheço.*

Queria que Paolo chegasse e a envolvesse com os braços,

dizendo-lhe, como já havia feito, que ela era *uma pessoa excelente, de primeira qualidade.*

Queria que houvesse alguém que a amasse incondicionalmente, que lhe perdoasse por tudo. Ou melhor, que já soubesse de tudo e a amasse por isso.

Nem Paolo nem Immie tinham sido capazes de tanto.

Ainda assim, Jule se lembrava da sensação dos lábios de Paolo junto aos dela e do perfume de jasmim de Immie.

Usando a peruca preta, Jule desceu as escadas até o *business center* do Cabo Inn. Havia bolado uma estratégia. A sala estava fechada àquela hora da noite, mas ela deu uma gorjeta para o funcionário no balcão abrir a porta. Usou o computador para reservar um voo para Los Angeles na manhã seguinte. Usou o próprio nome e o cartão de crédito de sempre, o mesmo com que pagara o Playa Grande.

Depois perguntou ao funcionário onde poderia comprar um carro pagando em dinheiro. Ele disse que conhecia um cara que trabalhava nos fundos de uma casa e poderia lhe vender algo pela manhã, com pagamento em dólares. Ele anotou o endereço, a casa ficava na esquina da Ortiz com a Ejido.

Noa estava rastreando seus cartões de crédito. Tinha que estar, ou nunca a teria encontrado. Agora, ela veria a passagem e iria para Los Angeles. Jule compraria um carro em dinheiro e seguiria na direção de Cancún. Depois de um tempo, iria para Culebra, em Porto Rico, onde havia um monte de americanos que nunca precisavam mostrar o passaporte.

Ela agradeceu ao funcionário pela informação.

— Você não vai lembrar que tivemos essa conversa, vai? — ela perguntou, passando outra nota de vinte sobre o balcão.

— Talvez lembre.

— Não, você não vai lembrar. — Ela acrescentou mais cinquenta.

— Nunca te vi na vida — ele afirmou.

Ela dormiu mal. Ainda pior do que de costume. Sonhou com afogamentos em águas mornas azul-turquesa; com gatos abandonados andando sobre seu corpo enquanto dormia; com estrangulamento por uma serpente. Acordou gritando.

Bebeu água. Tomou um banho frio.

Dormiu e acordou gritando novamente.

Às cinco da manhã, cambaleou até o banheiro, jogou água no rosto e passou delineador nos olhos. Por que não? Ela gostava de maquiagem. Tinha tempo. Passou corretivo e pó, acrescentou uma sombra esfumada, rímel e um batom quase preto com gloss por cima.

Passou gel no cabelo e se vestiu. Jeans preto, botas e uma camiseta escura. Quente demais para o calor mexicano, mas prático. Fez a mala, bebeu uma garrafa de água e saiu.

Noa estava sentada no corredor, encostada na parede, segurando um café fumegante com as duas mãos.

Esperando.

17

FIM DE ABRIL, 2017
LONDRES

Sete semanas antes, no fim de abril, Jule acordou em um albergue nos arredores de Londres. Havia oito beliches no quarto, todos com colchão fino coberto com lençóis brancos. Sacos de dormir por cima. Mochilas encostadas nas paredes. Um leve cheiro de suor e capim-limão.

Ela havia dormido com as roupas de ginástica. Saiu da cama, amarrou os sapatos e correu treze quilômetros pelo subúrbio, passando por bares e açougues ainda fechados àquela hora. Na volta, fez prancha, agachamento e flexão na sala comunitária do albergue.

Jule entrou no chuveiro antes que as colegas de quarto levantassem e usassem toda a água quente. Depois voltou para a cama de cima do beliche e comeu uma barrinha de proteína com chocolate.

O quarto ainda estava escuro. Ela abriu *O amigo comum* e leu com a luz do celular. Era um longo romance vitoriano sobre um órfão. Escrito por Charles Dickens. Imogen havia lhe dado.

Imogen Sokoloff foi a melhor amiga que Jule já teve. Seus

livros preferidos eram sempre sobre órfãos. Immie era órfã, nascida em Minnesota de uma mãe adolescente que havia morrido quando ela tinha dois anos. Depois fora adotada por um casal que morava em uma cobertura no Upper East Side, em Nova York.

Patti e Gil Sokoloff tinham quase quarenta anos na época. Não podiam ter filhos, e Gil, que trabalhava como advogado, prestava assistência jurídica voluntária para crianças no programa de acolhimento familiar. Ele acreditava em adoção. Depois de vários anos na lista de espera por um recém-nascido, os Sokoloff haviam se declarado abertos a receber uma criança mais velha.

Apaixonaram-se pelos braços gordinhos e pelo nariz sardento da menininha de dois anos, chamaram-na de Imogen e deixaram seu antigo nome arquivado junto com o seu passado. Tiraram fotos, fizeram brincadeiras e prepararam um belo jantar para ela. Quando a pequena Immie tinha cinco anos, os Sokoloff a enviaram para a Greenbriar, uma escola particular em Manhattan, onde ela usava um uniforme verde e branco e tinha aulas de francês. Nos fins de semana, brincava de Lego, assava biscoitos e ia ao Museu Americano de História Natural, onde os esqueletos de répteis a encantavam. Ela comemorava todos os feriados judaicos. Quando cresceu, teve uma cerimônia não ortodoxa de bat mitzvah em um bosque.

Foi um evento complicado. A mãe de Patti e os pais de Gil não consideravam Imogen judia porque sua mãe biológica não o era. Todos pressionaram por um processo de conversão formal que adiaria a cerimônia por um ano, mas Patti preferiu deixar a sinagoga da família e se juntar a uma comunidade judaica secular que realizava cerimônias em um retiro nas montanhas.

E foi assim que, aos treze anos de idade, Imogen Sokoloff se tornou consciente de seu status de órfã e começou a ler as histórias que se tornariam pontos de referência para ela. A princípio, voltou aos inúmeros livros sobre órfãos que havia sido obrigada a ler na escola.

— Eu gostava das roupas, das sobremesas e das carruagens puxadas por cavalos — ela dissera a Jule.

Em junho, as duas estavam morando juntas em uma casa que Immie alugou na ilha de Martha's Vineyard. Naquele dia, elas foram até uma feira onde cada um podia colher as próprias flores.

— Eu gostava de *Heidi* e só Deus sabe que outros lixos — Immie dissera. Ela estava inclinada sobre um arbusto de dálias com uma tesoura na mão. — Mas depois todos aqueles livros começaram a me dar náuseas. As heroínas estavam tão felizinhas o tempo todo. O exato paradigma da abnegação feminina. Tipo: "Estou morrendo de fome, mas aqui está, coma meu único pão!". "Não consigo andar, estou paralisada, mas ainda enxergo o lado bom da vida, porque sou feliz!" *A princesinha* e *Poliana* estão vendendo um monte de mentiras horríveis. Quando descobri isso, deixei todos esses romances para trás.

Ao terminar de colher seu buquê, Immie fora até uma cerca de madeira. Jule ainda estava colhendo flores.

— No colégio, li *Jane Eyre, A feira das vaidades, Grandes esperanças* e tal — Immie continuou. — Esses órfãos são, tipo, *mordazes*.

— São os livros que você me deu — Jule dissera, ao se dar conta daquilo.

— Sim. Em *A feira das vaidades*, por exemplo, Becky Sharp é superambiciosa, nada fica no caminho daquela mulher. Jane Eyre tem ataques de fúria, a garota se joga no chão. Em *Grandes esperanças*, Pip é iludido e louco por dinheiro. Todos querem uma vida melhor e vão atrás disso, comprometem a própria moral. É o que os torna interessantes.

— Já gostei deles — dissera Jule.

Immie tinha entrado na Vassar devido à redação que tinha escrito sobre aqueles personagens. Fora aquilo, admitia não ligar muito para a escola. Não gostava que as pessoas lhe dissessem o que fazer. Quando os professores lhe pediram para ler os gregos antigos, ela não leu. Quando sua amiga Brooke lhe disse para ler Suzanne Collins, também não leu. Quando sua mãe pediu para se esforçar mais nos estudos, ela largou o curso.

É claro que a pressão não foi o único motivo para Immie sair da Vassar. A situação era desesperadora. Mas a natureza controladora de Patti Sokoloff certamente contribuiu.

— Minha mãe acredita no sonho americano — disse Imogen. — E quer que eu acredite também. Os pais dela nasceram na Bielorrússia. Eles compraram o pacote completo. Você sabe, aquela ideia de que aqui nos Estados Unidos qualquer um pode chegar ao topo. Não importa de onde você começa, um dia pode governar o país, ficar rico, ter uma mansão e tudo mais.

Essa conversa aconteceu durante o verão que passaram em Martha's Vineyard. Jule e Immie estavam na praia de Moshup, sobre uma canga branca.

— É um sonho bonito — disse Jule, jogando uma batatinha na boca.

— A família do meu pai também acredita nisso — Immie continuou. — Os avós dele vieram da Polônia e moravam num conjunto habitacional. Aí o pai dele ganhou algum dinheiro e abriu uma mercearia. A missão do meu pai era ir mais além, ser o primeiro da família a ir para a faculdade, e foi exatamente o que fez. Ele virou, tipo, um grande advogado. Os pais dele ficaram superorgulhosos. Parecia simples para eles: deixar o velho país para trás e se reinventar. Se *eles* não conseguissem viver o sonho americano ao pé da letra, então os filhos iam conseguir.

Jule amava ouvir Immie falar. Nunca havia conhecido ninguém que falasse com tanta liberdade. Ela divagava, mas também era atenta e curiosa, e não parava de falar. Dava a impressão de que nunca pensava duas vezes para formar as frases. Simplesmente discursava, em um fluxo que a fazia parecer ora questionadora, ora desesperada para ser ouvida.

— A terra da oportunidade — Jule disse, só para ver em que direção Immie iria.

— É no que eles acreditam, mas não acho que seja verdade. Tipo, dá pra perceber assistindo a meia hora do jornal que há mais oportunidades para pessoas brancas. E que falam inglês.

— E com o seu sotaque.

— Da Costa Leste? — perguntou Immie. — É, acho que sim. E sem deficiência. Ah, e homens! Homens, homens, homens! Eles ainda andam por aí como se os Estados Unidos fossem uma enorme confeitaria, e todos os bolos fossem pra eles. Não acha?

— No meu bolo ninguém encosta — disse Jule. — É a droga do *meu* bolo e eu que vou comer.

— Isso. Defenda seu bolo — disse Immie. — Um de chocolate com cobertura e, tipo, cinco camadas. Mas, pra mim, a questão é... pode me chamar de idiota, mas não quero bolo. Talvez sequer esteja com fome. Só estou tentando ser. Existir e desfrutar do que está bem na minha frente. Sei que é um privilégio e que devo ser uma cretina só por ter essa opção, mas estou apenas tentando apreciar as coisas, gente! Me deixem simplesmente ser grata por estar aqui nesta praia e não sentir que deveria precisar *me empenhar* o tempo todo.

— Acho que você está errada a respeito do sonho americano — disse Jule.

— Não estou, não. Por quê?

— O sonho americano é ser o herói de um filme de ação.

— Você acha?

— Americanos gostam de lutar em guerras — disse Jule. — Queremos mudar ou quebrar as leis. Gostamos de justiceiros. Somos loucos por eles. Super-heróis, produções como *Busca implacável* e por aí vai. Queremos ir para o Oeste e tirar terras dos outros à força. Matar os supostos bandidos e combater o sistema. *Esse* é o sonho americano.

— Diga isso pra minha mãe. *Oi! Immie quer ser uma justiceira quando crescer, e não uma empresária.* Espera pra ver o que acontece.

— Vou ter uma conversa com ela.

— Ótimo. Isso vai resolver tudo. — Immie riu e se virou sobre a canga, tirando os óculos de sol. — Ela pensa coisas sobre mim que não têm nada a ver com a realidade. Tipo, quando eu era criança, teria sido legal conhecer mais gente adotada, pra não ficar me sentindo sozinha ou diferente, mas ela só dizia: *Immie está bem, ela não precisa disso, somos como qualquer outra família!* Quinhentos anos depois, quando eu estava no nono ano, ela leu um artigo sobre filhos adotivos e resolveu que eu devia ser amiga de uma menina chamada Jolie que tinha acabado de entrar na Greenbriar.

Jule lembrava. A menina da festa de aniversário e do American Ballet Theatre.

— Minha mãe sonhava com nós duas criando laços, e eu até tentei, mas aquela menina não gostava nada de mim. Ela tinha cabelo azul e se achava. Ficava me zoando por causa do meu lance com gatos de rua, por ler *Heidi* e por causa das músicas que eu ouvia. Mas minha mãe ficava ligando para a mãe dela, e a mãe dela ficava ligando para minha mãe, e elas faziam planos pra gente. Imaginavam toda uma ligação entre as garotas adotadas que nunca existiu. — Imogen suspirou. — Era péssimo. Pelo menos ela mudou para Chicago e minha mãe desencanou.

— Agora você tem a mim — disse Jule.

Immie esticou o braço e tocou na nuca dela.

— Agora eu tenho você, o que me torna significativamente menos louca.

— Isso é bom.

Immie abriu o isopor e pegou duas garrafas de chá gelado. Ela sempre levava bebidas para a praia. Jule não gostava das rodelas de limão que flutuavam nele, mas bebeu um pouco assim mesmo.

— Você ficou bonita de cabelo curto — Immie afirmou, tocando a nuca de Jule.

✯

Nas férias de inverno de seu primeiro ano na Vassar, Imogen havia vasculhado o gaveteiro de Gil Sokoloff em busca de seus registros de adoção. Não demorou para encontrá-los.

— Achei que ler aqueles papéis iria me ajudar a entender quem eu sou — ela disse a Jule. — Como se eles pudessem explicar por que eu ia tão mal na faculdade, ou me fazer sentir parte de alguma coisa. Mas não.

Naquele dia, as duas haviam dirigido até Menemsha, uma vila de pescadores não muito longe da casa de Immie em Martha's Vineyard. Elas caminharam até um píer de pedra que se estendia mar adentro. Gaivotas davam voltas no céu. A água batia nos pés delas. As duas tinham a mesma altura. Ao sentar sobre as pedras, esticaram as pernas bronzeadas, com o brilho do protetor solar.

— Foi uma bosta — disse Imogen. — Não tinha nem o nome do pai.

— Qual é seu nome de nascimento?

Immie corou e colocou o capuz. Ela tinha covinhas profundas e dentes retos. Os cabelos curtos e descoloridos mostravam as orelhas pequenas, uma delas com três furos. As sobrancelhas eram linhas finas.

— Não quero falar — ela disse a Jule. — Prefiro ficar escondida aqui dentro.

— Você que começou com essa história.

— Promete não rir se eu contar? — Immie tirou o capuz e olhou para Jule. — Forrest riu e eu fiquei irritada. Só o perdoei depois de dois dias, quando ele me trouxe chocolates. — Forrest era o namorado de Immie. Morava com elas na casa de Martha's Vineyard.

— Ele podia ter sido mais simpático — Jule disse.

— Não foi de propósito, a gargalhada escapou. Depois ficou todo arrependido. — Era sempre assim. Immie fazia uma crítica ao namorado só para defendê-lo logo depois.

— Fala logo qual era seu nome — pediu Jule. — Não vou rir.

— Jura?

— Juro.

Immie sussurrou no ouvido dela:

— Melody. Melody Bacon.

— Só isso? — Jule perguntou.

— Só.

Jule não riu, nem sequer sorriu. Só envolveu o corpo de Immie com os dois braços. Elas ficaram olhando para o mar.

— Você se *sente* Melody?

— Não. — Immie ficou pensativa. — Mas não me sinto Imogen.

Elas ficaram observando duas gaivotas que tinham acabado de pousar sobre uma pedra perto dali.

— Por que sua mãe morreu? — Jule perguntou depois de um tempo. — O que dizia no papel?

— Eu já imaginava algo do tipo... Overdose de metanfetamina.

Jule parou para pensar. Imaginou a amiga bem pequena, com a fralda molhada, engatinhando sobre lençóis sujos com a mãe caída ao lado, drogada e negligente. Ou morta.

— Tenho duas marcas no braço direito — disse Immie. — Já tinha quando vim para Nova York. Até onde sei, sempre tive. Nunca pensei em perguntar, mas a enfermeira da Vassar disse que são queimaduras... de cigarro.

Jule não sabia o que dizer. Queria consertar as coisas para a bebê Immie, mas Patti e Gil Sokoloff já haviam feito aquilo, muito tempo antes.

— Meus pais também estão mortos — Jule finalmente disse. Era a primeira vez que dizia aquilo em voz alta, embora Immie soubesse que ela tinha sido criada pela tia.

— Imaginei. E imaginei que você não quisesse falar a respeito.

— Não mesmo — confirmou Jule. — Pelo menos não agora. — Ela se inclinou para a frente, separando-se de Imogen. — Não sei o que dizer sobre. Isso não... — Jule ficou sem palavras. Não era capaz de divagar como Immie fazia, de entender a si mesma. — A história ainda não tomou forma.

Era verdade. Naquela época, Jule havia apenas começado a construir a história de sua origem à qual recorreria mais tarde. Ela não podia contar a ninguém.

— Tudo bem — disse Imogen.

Ela tirou da mochila uma barra grande de chocolate ao leite. Desembrulhou metade e dividiu entre as duas. Jule se encostou na pedra e deixou o chocolate derreter em sua boca e o sol aquecer seu rosto. Immie espantou as gaivotas atrás de comida, fazendo cara feia.

Jule sentia que conhecia a amiga. Tudo era claro entre elas, e sempre seria assim.

Agora, no albergue, Jule deixou *O amigo comum* de lado. A história começa com um corpo no Tâmisa. Ela não gostava de ler aquilo — a descrição de um cadáver afogado. Os dias de Jule ficaram longos depois que se espalhou a notícia de que Imogen Sokoloff havia se matado naquele mesmo rio, enchendo os bolsos de pedras e pulando da ponte de Westminster, após deixar um bilhete de suicídio em uma cesta de pães.

Jule pensava todo dia na amiga. A toda hora. Lembrava de como Immie cobria o rosto com as mãos ou com o capuz quando se sentia vulnerável. Do som agudo e enjoado de sua voz. De como girava os anéis nos dedos. Imogen tinha duas marcas de cigarro no braço e uma cicatriz na mão causada por uma travessa quente de brownies. Cortava cebolas com rapidez e precisão, usando uma faca pesada e maior do que o normal, algo que tinha aprendido em um vídeo de culinária. Tinha cheiro de jasmim, e às vezes de café com creme e açúcar. Passava spray de limão nos cabelos.

Imogen Sokoloff era o tipo de garota que os professores achavam que não usava todo o seu potencial. O tipo de garota que largava os estudos, mas enchia os livros favoritos de anotações. Immie se recusava a sonhar com grandes feitos ou a trabalhar por um sucesso que outras pessoas idealizavam. Lutava para se livrar de homens que quisessem dominá-la e de mulheres que exigissem sua atenção exclusiva. Recusava-se quantas vezes fossem necessárias a dar a qualquer pessoa sua devoção, preferindo criar um lar para si definido por seus próprios termos, sobre o qual tinha o domínio. Havia aceitado o dinheiro dos pais, mas não o controle de sua identidade, e tirara vantagem de sua sorte para se reinventar e encontrar um modo diferente de viver. Era um tipo particular de coragem, que muitas vezes era confundido com egoísmo ou preguiça. Ela era o tipo de garota que dava a impressão de não passar de uma loira riquinha, mas que era algo muito mais profundo.

Quando os mochileiros do albergue acordaram e começaram a se arrastar para o banheiro, Jule saiu. Como de costume, passou o dia se aperfeiçoando. Caminhou pelos corredores do Museu Britânico por algumas horas, aprendendo o nome de quadros e tomando garrafas de coca zero. Passou uma hora em uma livraria e memorizou o mapa do México, depois decorou um capítulo de um livro chamado *Gestão de investimentos: oito princípios fundamentais*.

Queria ligar para Paolo, mas não podia.

Ela só falaria com a pessoa cuja ligação estava esperando.

O celular tocou quando Jule saiu do metrô, perto do albergue. Era Patti Sokoloff. Ela viu o número e usou seu sotaque americano genérico.

Patti estava em Londres.

Jule não esperava aquilo.

Poderia encontrá-la no Ivy para almoçar no dia seguinte?

Claro que sim. Jule expressou o quanto estava surpresa com a ligação. Elas haviam conversado algumas vezes logo após a morte de Immie, quando Jule falou com policiais e enviou pelo correio alguns itens do apartamento da amiga em Londres, enquanto Patti cuidava de Gil em Nova York, mas aquelas conversas difíceis haviam terminado já fazia algumas semanas.

Patti costumava ser agitada e falante, mas agora parecia contida e sem a animação de sempre na voz.

— Preciso lhe dizer — ela falou — que perdi Gil.

Aquilo foi um choque. Jule pensou no rosto acinzentado e inchado de Gil Sokoloff e nos cachorrinhos engraçados que ele adorava. Ela gostava muito dele. Não sabia que estava morto.

Patti explicou que Gil havia morrido duas semanas antes, de insuficiência cardíaca. Todos aqueles anos de hemodiálise e o que o matara fora o coração. Ou podia ser que, depois do suicídio de Immie, ele já não tivesse mais interesse em continuar vivendo, disse Patti.

Elas conversaram um pouco sobre a doença de Gil, sobre como ele foi um homem maravilhoso e sobre Immie. Patti comentou que Jule havia ajudado muito cuidando das coisas em Londres quando eles não podiam sair de Nova York.

— Sei que parece estranho eu estar viajando — Patti disse —, mas, depois de todos esses anos cuidando de Gil, não aguento ficar sozinha no apartamento. Está cheio de coisas dele, de coisas da Immie. Eu ia... — Sua voz falhou. Quando ela voltou a falar, saiu forçada e viva. — Bem, minha amiga Rebecca mora em Hampshire e me ofereceu o chalé de hóspedes para descansar e me recuperar. Disse que eu *tinha* que vir, na verdade. Alguns amigos são assim mesmo. Eu não falava com ela fazia anos, mas assim que me ligou, depois de saber sobre Immie e Gil, nos reconectamos de imediato. Sem conversa fiada. Fomos muito sinceras. Estudamos juntas na Greenbriar. Amigas de escola têm essas lembranças, essas histórias compartilhadas que as unem, acho. Como você e Immie. Vocês se reconectaram superbem depois de ficarem separadas.

— Sinto muitíssimo pelo que aconteceu com o Gil — Jule disse, com sinceridade.

— Ele ficou muito tempo doente. Tomava tantos remédios. — Patti fez uma pausa. Quando voltou a falar, parecia engasgada. — Acho que, depois do que aconteceu com Immie, não teve mais forças para lutar. Eles eram meus amores. — Ela voltou a forçar um tom de voz animado. — Mas vamos voltar ao motivo de eu ter ligado. Topa almoçar comigo?

— Claro.

— No Ivy, amanhã à uma. Quero agradecer tudo o que fez por mim e por Gil depois que Immie morreu. E tenho uma surpresa pra você — disse Patti. — Uma coisa que vai deixar nós duas animadas. Não se atrase.

Quando a conversa terminou, Jule segurou o celular junto ao peito por um tempo.

O Ivy ficava localizado em uma esquina estreita de Londres. Parecia ter sido feito especialmente para o terreno onde estava. As paredes internas eram cheias de retratos e vitrais. Cheirava a dinheiro: cordeiro assado e flores de estufa. Jule usava um vestido acinturado e sapatilhas. Havia acrescentado um batom vermelho à maquiagem costumeira.

Ela encontrou Patti sentada a uma mesa, bebendo água em uma taça de vinho. Da última vez que a vira, onze meses antes, a mãe de Immie era uma mulher radiante. Era dermatologista, tinha cinquenta e poucos anos e estava em boa forma, exceto por uma barriguinha. Sua pele tinha um brilho hidratado e rosado, e seus cabelos eram longos e cacheados, tingidos de um intenso tom castanho. Agora estavam cortados na altura do ombro e tinham a raiz grisalha. A boca parecia inchada e quase não tinha batom. Como as mulheres do Upper East Side, ela vestia calça preta skinny e um cardigã comprido de cashmere — mas, em vez de sapatos de salto, calçava um par de tênis de corrida azul-claros. Jule quase não a reconheceu. Patti se levantou e sorriu enquanto ela atravessava o salão.

— Estou diferente, eu sei.

— Não está, não — Jule mentiu, dando um beijo no rosto de Patti em seguida.

— Não consigo mais — disse Patti. — Todo o tempo perdido na frente do espelho de manhã, os sapatos desconfortáveis, a maquiagem.

Jule sentou.

— Eu costumava me arrumar por Gil — Patti continuou. — E por Immie, quando era pequena. Ela dizia: "Mamãe, enrole o cabelo! Passe brilho!". Agora não tenho motivo. Estou de folga do trabalho. Um dia pensei: *não preciso me preocupar.* Saí pela porta sem fazer nada e foi um alívio tão grande que nem sei descrever. Sei que isso deixa as pessoas incomodadas. Meus amigos se preocupam. Mas eu penso: *nhé.* Perdi Imogen. Perdi Gil. É assim que sou agora.

Jule estava ansiosa para dizer a coisa certa, mas não sabia se devia demonstrar empatia ou tentar distraí-la.

— Li um livro sobre isso na faculdade — ela disse.

— Sobre o quê?

— A representação do eu na vida cotidiana. O autor é um tal de Goffman, e tinha essa ideia de que a forma como as pessoas agem muda de acordo com cada situação. Nossa personalidade não é somente uma. É uma adaptação.

— Está dizendo que eu parei de representar a mim mesma?

— Ou agora está representando de outra maneira. Existem diferentes versões do eu.

Patti pegou o cardápio, depois esticou o braço e tocou a mão de Jule.

— Você precisa voltar para a faculdade, querida. É tão inteligente.

— Obrigada.

Ela olhou nos olhos de Jule.

— Sou muito intuitiva, sabe? E você tem muito potencial. É ávida e aventureira. Espero que saiba que pode se tornar o que quiser.

Um garçom anotou o pedido de bebidas. Outro chegou com uma cesta de pães.

— Trouxe os anéis de Imogen — Jule disse quando a agitação passou. — Devia ter mandado pelo correio antes, mas...

— Tudo bem — disse Patti. — É difícil desapegar.

Jule concordou. Ela entregou um pacote de papel de seda. Patti puxou a fita adesiva. Havia oito anéis antigos, todos esculpidos ou modelados na forma de animais. Immie os colecionava. Eram divertidos e incomuns, produzidos com cuidado, cada um em um estilo diferente. O nono ainda estava no dedo de Jule. Immie tinha dado a ela. Era uma cobra de jade que ela usava no anelar direito.

Patti começou a chorar baixinho, com o rosto no guardanapo.

Jule olhou para a coleção. Cada um daqueles círculos havia estado nos frágeis dedos de Immie em algum momento. Ela havia entrado, queimada de sol, naquela loja em Martha's Vineyard e dito ao atendente: "Quero ver o anel mais diferente que você tem aqui". E depois: "Este é pra você". Immie tinha dado o anel de cobra para Jule, e ela não o tirara do dedo até agora, mesmo que não o merecesse mais, mesmo que talvez nunca o tivesse merecido.

Jule sentiu um nó na garganta, vindo do fundo do estômago.

— Com licença. — Ela levantou e cambaleou na direção do banheiro feminino. O restaurante girava a seu redor. Sua visão foi escurecendo. Jule se agarrou no encosto de uma cadeira vazia para se equilibrar.

Ela ia vomitar. Ou desmaiar. Ou as duas coisas. Ali, no Ivy, cercada por aquelas pessoas impecáveis, onde não merecia estar, constrangendo a pobre mãe de uma amiga que ela não havia amado o bastante — ou havia amado demais.

Jule chegou ao banheiro e se debruçou sobre a pia.

A ânsia de vômito não passava. Sua garganta se contraía repetidas vezes.

Ela se fechou em uma das cabines, apoiando-se na parede. Seus ombros tremiam. Fez força para vomitar, mas nada saiu.

Ficou ali até a ânsia passar, tremendo e tentando recobrar o fôlego.

De volta à pia, secou o rosto molhado com uma toalha de papel. Pressionou os dedos umedecidos em água fria nos olhos inchados.

O batom vermelho estava no bolso do vestido. Jule o reaplicou como uma armadura e voltou para onde estava Patti.

Quando voltou, a mãe de Immie já havia se recomposto e falava com o garçom.

— Vou querer a beterraba de entrada — disse a ele enquanto Jule sentava. — E depois o peixe-espada, acho. Você recomenda? Pode ser, então.

Jule pediu um hambúrguer e uma salada verde.

Quando o garçom saiu, Patti se virou para ela.

— Desculpe. Sinto muito. Você está bem?

— Estou.

— Já vou avisando que posso chorar mais tarde. Talvez na rua! Ando imprevisível. Posso cair no choro a qualquer momento. — Os anéis e o papel de seda não estavam mais sobre a mesa. — Ouça, Jule — Patti disse. — Você me contou uma vez que seus pais te decepcionaram. Lembra?

Jule não lembrava. Não pensava mais em seus pais, nem um pouco, a menos que fosse pelas lentes da origem heroica que havia criado para si mesma. Nunca, jamais, pensava na tia.

Agora a história sobre sua origem piscava em sua mente: seus pais no jardim da frente de uma bela casinha no fim de uma rua sem saída, naquela pequena cidade do Alabama. Caídos em poças de sangue escuro que sujava a grama, iluminados por um único poste. Sua mãe com um tiro na cabeça. O pai sangrando por buracos de bala nos braços.

Jule achava aquilo reconfortante. Era uma história bonita. Seus pais tinham sido corajosos. Ela cresceria com uma educação excelente, para se tornar extremamente poderosa.

Mas sabia que não podia compartilhar aquilo com Patti. Em vez disso, perguntou com suavidade:

— Eu disse isso?

— Disse. Na ocasião, pensei que eu também tivesse decepcionado Imogen. Gil e eu mal falávamos sobre ela ser nossa filha adotiva quando era pequena. Nem na frente dela nem em particular. Eu queria pensar em Immie como *meu* bebê, sabe? Não filha de outra pessoa, mas minha e de Gil. E era difícil falar sobre o assunto, porque a mãe biológica dela era viciada em drogas e não havia nenhum membro da família para ficar com o bebê. Eu dizia a mim mesma que a estava protegendo da dor. Não tinha ideia do quanto a estava decepcionando até que... — A voz de Patti falhou.

— Imogen amava você — Jule disse.

— Ela estava desesperada. E não foi falar comigo.

— Nem comigo.

— Eu devia ter educado minha filha de modo que soubesse que podia se abrir com as pessoas, procurar ajuda se estivesse com problemas.

— Immie me contava *tudo* — disse Jule. — Segredos, inseguranças, como queria viver sua vida. Ela me disse qual era seu nome antes de ser adotada. Usávamos as roupas uma da outra, líamos os mesmos livros. Sinceramente, éramos muito próximas quando ela morreu, e acho que Immie tinha muita sorte de ter uma mãe como você.

Os olhos de Patti se encheram de lágrimas. Ela tocou a mão de Jule.

— Immie tinha muita sorte de ter você também. Penso isso desde que ficaram amigas, no primeiro ano na Greenbriar. Sei que ela gostava mais de você que de qualquer outra pessoa, Jule, porque... Bem. Foi por isso que eu quis me encontrar com você. Nossos advogados disseram que Immie deixou o dinheiro dela para você.

Jule ficou tonta. Colocou o garfo sobre a mesa.

O dinheiro de Immie. *Milhões.*

Segurança e poder. Passagens de avião e chaves de carro. E, ainda mais importante, mensalidades da faculdade, comida na despensa, assistência médica. Ninguém poderia lhe dizer não. Ninguém poderia detê-la ou feri-la. Jule nunca mais precisaria de ajuda.

— Não entendo de finanças — Patti prosseguiu. — Deveria, eu sei. Mas confiava em Gil e ficava feliz por ele cuidar de tudo. Achava uma coisa insuportável. Mas Immie entendia e deixou um testamento. Mandou o documento para o advogado antes de morrer. Eu e Gil demos muito dinheiro para ela quando completou dezoito anos. Estava em um fundo, e ele preparou os documentos para a transferência depois do aniversário dela.

— Immie recebeu o dinheiro quando ainda estava no colégio?

— Em maio, antes de começar a faculdade. Talvez tenha

sido um erro. De qualquer modo, já foi feito. — Patti continuou: — Ela era boa com dinheiro. Vivia dos juros e nunca tocou no capital, a não ser para comprar o apartamento em Londres. Por isso não precisava trabalhar. Ela deixou pequenas quantias para uma fundação de combate a doenças renais, por causa do Gil, e para um abrigo de animais, mas a maior parte do dinheiro ficou pra você. Immie mandou um e-mail ao advogado que dizia especificamente que queria que você voltasse à faculdade.

Jule ficou tocada. Não fazia sentido, mas ficou.

Patti sorriu.

— Ela deixou este mundo mandando você de volta para a faculdade. Estou tentando ver por essa perspectiva.

— Quando Immie fez o testamento?

— Alguns meses antes de morrer. Ela o registrou em cartório em San Francisco. Só falta assinar umas coisas. — Patti passou um envelope sobre a mesa. — O dinheiro vai ser transferido diretamente para a sua conta, e em setembro você vai começar seu segundo ano em Stanford.

Quando o dinheiro entrou, Jule sacou o valor total e abriu uma conta em outro banco. Pediu vários cartões de crédito novos e colocou as faturas no débito automático.

Depois foi fazer compras. Comprou cílios postiços, base, delineador, blush, pó, pincéis, batons de três cores diferentes, duas sombras e uma caixa de maquiagem pequena, mas cara. Uma peruca ruiva, um vestido preto e um par de sapatos de salto alto. Seria ótimo comprar mais, mas precisava viajar com pouca bagagem.

Usou seu computador para comprar uma passagem de avião para Los Angeles, reservou um hotel na cidade e pesquisou lojas de carros usados na região de Las Vegas. Foi de Londres para Los Angeles, depois pegou um ônibus para Vegas. De lá iria de carro para o México. Aquele era o plano.

Jule leu alguns documentos no laptop. Decorou todas as informações bancárias, telefones de atendimento ao cliente, senhas, números e códigos de segurança dos cartões de crédito. Memorizou os números do passaporte e da carteira de motorista. Então, uma noite, bem depois de escurecer, jogou o laptop e o celular no Tâmisa.

Escreveu, com muita sinceridade, uma carta de agradecimento a Patti Sokoloff e a colocou no correio. Limpou seu armário do albergue e fez a mala. Os documentos estavam perfeitamente organizados. Garantiu que todos os seus cremes e produtos para o cabelo estivessem em potes pequenos em um nécessaire de plástico transparente.

Jule nunca havia estado em Las Vegas. Ela trocou de roupa no banheiro da rodoviária. A pia estava ocupada por uma mulher branca de cinquenta e poucos anos com um carrinho de compras. Ela estava sentada na bancada, comendo um sanduíche embrulhado em papel engordurado. Usava legging preta e encardida e tinha coxas finas. Os cabelos, loiros e grisalhos, estavam arrepiados, com os fios emaranhados. Os sapatos, de vinil rosa-claro com salto agulha, estavam no chão. Os pés descalços e machucados balançavam no ar.

Jule entrou na cabine mais larga e abriu a mala. Colocou os brincos de argola pela primeira vez em quase um ano. Entrou no vestido que havia comprado — curto e preto, combinando com um par de sapatos de couro com plataforma. Pegou a peruca ruiva que era lisa demais, mas a cor caía bem com suas sardas. Tirou a caixa de maquiagem, fechou a mala e foi até a pia.

A mulher sentada na bancada sequer reparou na mudança. Amassou o papel que embrulhava o sanduíche e acendeu um cigarro.

Jule aprendera a se maquiar assistindo a tutoriais na internet. Durante a maior parte do ano anterior, usara o que chamava de maquiagem universitária: pele natural, blush, batom cor de boca e rímel. Agora havia trazido cílios postiços, sombra verde, delineador preto, base, pincéis, lápis de sobrancelha e gloss coral.

Não era realmente necessário. Ela não precisava dos cosméticos, do vestido ou dos sapatos. A peruca deveria bastar.

Ainda assim, ela encarava aquilo como um treino. E gostava da ideia de se transformar em outra pessoa.

Quando Jule terminou de pintar os olhos, a mulher na bancada falou:

— Você é uma trabalhadora da noite?

Jule respondeu com sotaque escocês, só por diversão.

— Não.

— Estou perguntando se vende seu corpo.

— Não.

— Não faça isso. É tão triste de ver.

— Eu não faço.

— É uma pena, é isso que acho.

Jule ficou em silêncio e aplicou iluminador nas maçãs do rosto.

— Eu fazia esse tipo de coisa — a mulher continuou falando. Ela desceu da bancada e colocou os sapatos. — Não tenho família nem dinheiro. Foi como comecei, e quase nada mudou. Mas não é um modo de subir na vida, nem mesmo com homens que esbanjem dinheiro. Você tem que saber disso.

Jule vestiu um cardigã verde e pegou a mala.

— Não se preocupe comigo. Estou bem, de verdade. — Ela foi na direção da porta arrastando a mala, mas, desacostumada aos sapatos, tropeçou de leve.

— Tudo bem aí? — a mulher perguntou.

— Tudo.

— Às vezes é difícil ser mulher.

— Sim, é uma droga, tirando a parte da maquiagem — Jule disse. E passou pela porta sem olhar para trás.

Com a mala guardada em um armário da rodoviária, Jule jogou uma sacola no ombro e pegou um táxi para a Strip, a área com maior concentração de hotéis e cassinos de Las Vegas. Estava cansada — não tinha conseguido dormir no ônibus e ainda estava no fuso londrino.

O cassino estava iluminado com neons, lustres e caça-níqueis. Jule passou por homens com camisetas de times, idosos, modelos e um grande grupo de bibliotecárias com crachás de um congresso. Passou duas horas perambulando de um lugar para o outro, até encontrar o que procurava.

Havia um grupo de mulheres que parecia estar se divertindo muito em volta de uma série de máquinas do Batman. Bebiam drinques roxos, gelados e cremosos. Algumas pareciam ter ascendência asiática. Era uma despedida de solteira, e a noiva era perfeita, justamente como Jule precisava. Era pálida e pequena, com ombros fortes e sardas claras — não devia ter mais de vinte e três anos. Seus cabelos castanho-claros estavam presos em um rabo de cavalo, e ela usava um vestido rosa-escuro curto e uma faixa branca brilhante com a inscrição: FUTURA NOIVA. Pendurada em seu ombro esquerdo havia uma bolsinha azul-turquesa com vários zíperes. Ela se inclinou para a frente enquanto suas amigas jogavam nas máquinas, eufórica, gostando de ser o centro das atenções.

Jule se aproximou do grupo e usou um sotaque do Alabama.

— Com licença... Meu celular está sem bateria e tenho que mandar uma mensagem pra minha amiga. Ela estava no sushi bar da última vez que a vi, mas então comecei a jogar e... *ops*! Três horas passaram e nada da gente se encontrar.

As amigas da noiva se viraram.

Jule sorriu.

— Ah, é uma despedida de solteira?

— Ela vai casar no sábado! — uma das mulheres gritou, agarrando a noiva.

— Viva! — exclamou Jule. — Como é seu nome?

— Shanna — respondeu a noiva. Elas tinham a mesma altura, mas Shanna estava de sapatilhas, o que deixava Jule um pouco mais alta.

— Shanna Dixie, futura Shanna McFetridge! — gritou uma das amigas.

— Opa! — disse Jule. — Você já tem o vestido?

— É claro que sim — disse Shanna.

— Não vai ser aqui em Vegas — disse uma das amigas. — Ela vai casar na igreja.

— De onde vocês são? — perguntou Jule.

— Tacoma. Fica em Washington. Você conhece? Só estamos em Vegas pra...

— Elas planejaram o fim de semana inteiro pra mim — disse Shanna. — Chegamos hoje de manhã e fomos para o spa, depois fizemos as unhas. Está vendo? Coloquei postiças. Então viemos para o cassino, e amanhã vamos ver os tigres brancos.

— E como é seu vestido?

Shanna pegou no braço de Jule.

— É lindo de morrer. Me faz parecer uma princesa.

— Posso ver? Você tem uma foto no celular? — Jule colocou a mão sobre a boca e abaixou um pouco a cabeça. — Sou *louca* por vestidos de noiva. Tipo, desde pequenininha.

— É claro que tenho uma foto — disse Shanna. Ela abriu

o zíper da bolsa e tirou um celular com uma capinha dourada. O forro da bolsa era rosa. Lá dentro havia uma carteira de couro marrom-escuro, dois absorventes internos, chiclete e um batom.

— Me deixa ver — Jule pediu. Ela deu a volta para olhar a tela do celular de Shanna.

A garota foi passando as fotos. Um cachorro. A parte de baixo enferrujada de uma pia. Um bebê. O mesmo bebê de novo.

— É meu filho, Declan. Ele tem um ano e meio. — Passou a foto de uma paisagem. — Aqui está.

Era um tomara que caia longo, com pregas em volta do quadril. Na foto, Shanna o vestia em uma loja repleta de outros vestidos brancos.

Jule fez *oooh* e *aaaah*.

— Posso ver seu noivo?

— Claro. Ele arrasou no dia em que me pediu em casamento — contou Shanna. — Colocou a aliança em um donut. Ele estuda direito. Só vou ter que trabalhar se um dia tiver vontade. — Ela não parava de falar. Levantou o celular para mostrar o cara de sorte, sorrindo nas montanhas.

— Que fofo — disse Jule. Ela enfiou a mão na bolsa de Shanna, pegou a carteira e escondeu na sacola. — Meu namorado, Paolo, está fazendo mochilão pelo mundo — continuou. — Está nas Filipinas agora, acredita? Então vim pra Las Vegas com uma amiga. Eu devia arrumar um cara que queira sossegar, e não viajar pelo mundo, né? Pra casar e construir uma vida.

— Se é isso que você quer — disse Shanna —, certamente vai conseguir. Você pode ter tudo se estiver determinada. É só rezar e, tipo, mentalizar.

— Mentalização — disse uma das amigas da noiva. — Fizemos um curso sobre isso. Funciona mesmo.

— Bom — Jule disse —, mas eu vim falar com vocês porque... meu celular está sem bateria. Posso usar o seu?

Shanna entregou o telefone e Jule mandou uma mensagem para um número aleatório. *Me encontre às 10h15 no Cheesecake Factory*. Ela devolveu o aparelho a Shanna.

— Obrigada. Você vai ser a noiva mais linda do mundo.

— Você também, querida — disse Shanna. — Em breve.

As amigas acenaram. Jule acenou de volta e saiu rapidamente pelas fileiras de caça-níqueis na direção dos elevadores.

Ela tirou a peruca assim que a porta do elevador se fechou e ficou sozinha. Livrou-se dos saltos e tirou uma calça de moletom e tênis da sacola. Vestiu a calça sobre o vestido preto curto e colocou os tênis. Guardou a peruca e os saltos e vestiu um moletom com capuz. As portas se abriram no décimo andar do hotel.

Jule não saiu. Quando o elevador começou a descer, pegou um lenço demaquilante e tirou os cílios postiços. Depois de tirar o gloss, abriu a carteira de Shanna, pegou a habilitação e jogou o resto no chão.

Era outra pessoa quando as portas se abriram.

Quatro cassinos mais adiante na avenida, Jule avaliou os restaurantes até encontrar um onde podia pedir um café e bater um papo com uma estudante solitária que estava começando a trabalhar no turno da noite. O lugar era uma réplica das lanchonetes da década de 1950. A garçonete era uma mulher pequena com sardas e cachos castanho-claros. Usava um vestido de bolinhas com um avental de dona de casa cheio de babados. Quando uma multidão de bêbados entrou falando sobre cervejas e hambúrgueres, Jule deixou algumas notas sobre o balcão e escapou para a cozinha. Pegou a mochila mais feminina que havia pendurada em uma fileira de ganchos e saiu pela porta dos fundos, que dava para o corredor de serviço do cassino. Desceu um lance de escadas até sair em uma viela, então jogou a mochila no ombro e abriu caminho por entre um grupo de pessoas que esperava para ver um show de mágica.

Bem mais à frente, vasculhou a mochila. No bolso do zíper havia um passaporte. Adelaide Belle Perry, vinte e um anos.

Foi um golpe de sorte. Jule achou que teria que se esforçar muito até conseguir um passaporte. Porém, sentindo pena de Adelaide, deixou a mochila sem o documento numa seção de achados e perdidos.

De volta à avenida, encontrou uma loja de perucas e duas lojas de roupas. Comprou um estoque e, pela manhã, já havia passado mais duas vezes pelos cassinos. Usando uma peruca loira ondulada e batom laranja, roubou a habilitação de uma mulher chamada Dakota Pleasance, que tinha um metro e cinquenta e sete. De peruca preta e jaqueta prateada, surrupiou o passaporte de Dorothea von Schnell, uma alemã com um metro e sessenta.

No dia seguinte, Jule estava novamente de moletom e tênis, com o rosto limpo. Pegou um táxi até o hotel Rio e foi até a cobertura. Tinha lido sobre a casa noturna VooDoo Lounge, no quinquagésimo primeiro andar.

Depois de ter sobrevivido a mais uma batalha e poder continuar lutando, o grande herói hétero e branco dos filmes de ação vai para um lugar alto, com vista para toda a cidade. Homem de Ferro, Homem-Aranha, Batman, Wolverine, Jason Bourne, James Bond — todos fazem isso. O herói olha para a dor e a beleza contidas nas luzes piscantes da metrópole. Pensa em sua missão especial, seus talentos singulares, sua força, sua vida estranha e violenta, em todos os seus sacrifícios diários.

De manhãzinha, a VooDoo Lounge não passava de uma cobertura de cimento pontuada por sofás vermelhos e pretos. As cadeiras tinham a forma de mãos enormes. Havia uma escadaria curva que subia até o telhado. Ali, os clientes podiam ter uma vista melhor. Havia algumas gaiolas vazias para dançarinas. A única pessoa do local era um zelador, que arregalou os olhos quando Jule entrou.

— Só quero dar uma olhada — ela disse. — Sou inofensiva, juro.

— Tudo bem. Pode ir. Estou só limpando.

Jule foi até o topo da escadaria e olhou para a cidade. Pensou em todas as vidas lá embaixo. Pessoas comprando pasta de dente, discutindo, comprando ovos na volta do trabalho. Viviam cercadas por todo aquele brilho e neon, sempre presumindo alegremente que mulheres pequenas e bonitinhas eram inofensivas.

Três anos antes, Julietta West Williams tinha quinze anos. Ela jogava fliperama em uma galeria — grande, com ar-condicionado, recém-inaugurada. Estava marcando muitos pontos em um simulador de guerra. Estava concentrada no jogo quando dois garotos, que ela conhecia da escola, chegaram por trás e apertaram seus peitos. Um de cada lado.

Julietta deu uma cotovelada forte na barriga de um deles, então deu a volta e pisou com tudo no pé do outro. Depois deu uma joelhada em sua virilha.

Era a primeira vez que batia em alguém fora das aulas de artes marciais. A primeira vez que precisara fazer isso.

Tudo bem, não tinha precisado. Ela fez porque quis — e gostou.

Quando o menino se curvou para a frente, tossindo, Jule se virou e acertou o primeiro no rosto com a base da mão. A cabeça dele foi para trás, e ela puxou sua camiseta e gritou em sua orelha sebosa.

— Ninguém passa a mão em mim!

Ela queria ver medo na cara daquele garoto, queria ver o amigo dele caído sobre um banco ao lado. Os dois eram sempre tão convencidos e atrevidos na escola.

Um cara com espinhas no rosto, que trabalhava na galeria, aproximou-se e agarrou o braço de Julietta.

— Não admitimos brigas aqui. Você vai ter que sair.

— Está pegando no meu braço? — ela perguntou a ele. — Porque não quero que pegue no meu braço.

Ele a soltou no mesmo instante.

Estava com medo.

Era quinze centímetros mais alto e pelo menos três anos mais velho. Era um adulto, e estava com medo *dela.*

A sensação era boa.

Julietta saiu. Não se preocupou que os meninos pudessem segui-la. Sentiu-se em um filme. Não sabia que podia se defender tão bem, não sabia que a força que vinha adquirindo nas aulas e na sala de musculação do colégio fosse surtir efeito. Ela se deu conta de que havia construído uma espécie de armadura. Talvez fosse exatamente o que queria.

Sua aparência era a mesma, igual à de qualquer outra pessoa, mas ela passou a ver o mundo de outra forma depois daquilo. Ser uma mulher fisicamente poderosa era algo importante. Podia ir para qualquer lugar, fazer qualquer coisa, porque não era fácil machucá-la.

Alguns andares abaixo, no corredor do hotel Rio, Jule encontrou uma camareira empurrando um carrinho. Com uma gorjeta de quarenta dólares, conseguiu um quarto onde dormiu até as três e meia da tarde. O check-in era às quatro.

Com mais uma noite roubando carteiras e mais um dia de sono, Jule estava pronta para comprar um modesto carro usado. Pagou em dinheiro. Pegou sua mala na rodoviária e escondeu as identidades bem no fundo do forro de feltro do carro.

Passou pela fronteira para o México com o passaporte de Adelaide Belle Perry.

16

ÚLTIMA SEMANA DE FEVEREIRO, 2017

LONDRES

Três meses antes de Jule chegar no México, Forrest Smith-Martin estava no sofá dela, comendo cenourinhas com seus dentes retos e brilhantes. Ele estava hospedado em seu apartamento em Londres havia cinco noites.

Forrest era o ex-namorado de Immie. Ele sempre agia como se não acreditasse em uma palavra que Jule estivesse dizendo. Se ela dissesse que gostava de blueberry, ele erguia as sobrancelhas como se fosse mentira. Se ela dissesse que Immie tinha ido para Paris, ele começava uma série de perguntas a respeito do local onde ela estava hospedada. Ele fazia Jule se sentir uma fraude.

Pálido e magro, Forrest pertencia à categoria de homens franzinos que ficam desconfortáveis com mulheres mais musculosas que eles. Suas articulações pareciam frouxas, e a pulseira de tecido em seu pulso esquerdo estava encardida. Ele tinha feito literatura estrangeira em Yale. Gostava que as pessoas soubessem da sua formação e falava sobre a universidade sempre que podia. Usava óculos pequenos, mantinha uma barbicha que nunca crescia de verdade e prendia os cabelos compridos em um coque no alto da cabeça. Tinha vinte e dois anos e estava escrevendo um romance.

No momento, lia um livro de um autor francês. Albert Camus. Ele pronunciava *Camí*. Estava esparramado no sofá, usando moletom e bermuda.

Forrest estava no apartamento por causa da morte de Immie. Ele dissera que queria dormir no sofá-cama da sala para ficar perto das coisas dela. Mais de uma vez, Jule o encontrara tirando as roupas de Immie do armário para cheirá-las. Algumas vezes ele as pendurava no batente das janelas. Tinha encontrado os livros de Imogen — edições antigas de *A feira das vaidades* e outros romances vitorianos — e os empilhara perto do sofá-cama, como se precisasse vê-los antes de adormecer. E sempre deixava o assento da privada levantado.

Ele e Jule estavam cuidando da burocracia após a morte de Immie em Londres. Gil e Patti estavam presos em Nova York por conta da saúde de Gil. Os Sokoloff haviam conseguido manter o suicídio fora dos jornais. Disseram que não queriam fazer estardalhaço; e, segundo a polícia, não havia suspeita de assassinato. Embora o corpo não tivesse sido encontrado, ninguém duvidava do que havia acontecido. Immie tinha deixado aquele bilhete na cesta de pães.

Todos concordavam que ela devia estar deprimida. Pessoas se jogavam no Tâmisa o tempo todo, segundo a polícia. Se a pessoa enchesse os bolsos com pesos antes de pular, como Imogen havia escrito que ia fazer, não havia como prever quanto tempo demoraria para o corpo ser encontrado.

Jule sentou ao lado de Forrest e ligou a TV na BBC. Os dois haviam passado o dia mexendo na cozinha, embalando coisas que Patti tinha pedido — uma tarefa muito desgastante.

— Aquela garota parece a Immie — Forrest disse, apontando para uma atriz na tela.

Jule fez que não com a cabeça.

— Não parece.

— Parece, sim — afirmou Forrest. — Eu acho.

— Não se olhar de perto — Jule disse. — Ela só tem o cabelo curto. As pessoas também acham que eu pareço a Immie de longe.

Ele olhou fixamente para Jule.

— Você não parece nada com ela. Imogen era um milhão de vezes mais bonita.

Jule fez cara feia.

— Não sabia que hoje era a noite da grosseria. Estou meio cansada. Podemos pular essa parte ou você está a fim de brigar?

Forrest se aproximou dela, fechando seu Camus.

— A Imogen te emprestou dinheiro? — ele perguntou.

— Não, não emprestou — Jule respondeu com sinceridade.

— Você quis dormir com ela?

— Não.

— Você *dormiu* com ela?

— Não.

— Ela arrumou outro namorado?

— Não.

— Você está escondendo alguma coisa.

— Estou escondendo umas seiscentas coisas — Jule respondeu. — Sou uma pessoa discreta e minha amiga acabou de morrer. Estou triste e preciso lidar com isso. Tudo bem por você?

— Não — respondeu Forrest. — Preciso entender o que aconteceu.

— Olha só, a regra pra você permanecer neste apartamento é: não me enche com mil perguntas sobre a vida particular da Immie. Ou sobre a minha. Só assim vamos nos dar bem. Entendeu?

Forrest explodiu:

— A regra pra permanecer neste apartamento? Como assim?

— Todo lugar tem regras. Pra ficar em um lugar novo, você tem que descobrir quais são elas. Tipo, quando você é um hóspede, aprende os códigos de comportamento e se adapta. Não é?

— Talvez seja isso que *você* faz.

— É isso que *todo mundo* faz. Você observa a altura em que pode falar, como deve sentar, que coisas pode e não pode dizer. É assim que um humano vive em sociedade.

— É nada. — Forrest cruzou as pernas sem pressa. — Não sou tão falso. Só faço o que me parece certo. E quer saber de uma coisa? Isso nunca foi problema, até agora.

— Porque você é você.

— O que isso quer dizer?

— Você é homem. Vem de uma família rica, é branco, tem dentes bons, estudou em Yale e tudo o mais.

— E daí?

— As outras pessoas se adaptam a *você*, babaca. Você acha que ninguém precisa se adaptar porque é um cego de merda. Isso está à sua volta o tempo todo.

— É um bom argumento — ele disse. — Tenho que reconhecer.

— Obrigada.

— Mas, se pensa em toda essa loucura toda vez que entra em uma nova situação, então tem algo muito errado com você, Jule.

— Minha amiga está morta — ela disse a ele. — É isso que tem de errado comigo.

Immie não havia contado seus segredos a Forrest. Havia contado a Jule.

Jule já sabia a verdade, tinha percebido antes de Immie lhe contar seu nome de nascimento, antes de Brooke Lannon aparecer na casa de Martha's Vineyard.

Era o Quatro de Julho, não muito depois de Jule ir morar lá. Immie havia encontrado uma receita de massa de pizza para fazer na churrasqueira. Estava procurando o fermento na cozinha. Havia convidado algumas pessoas que tinha conhecido alguns dias antes em uma feira. Eles chegaram e comeram. Correra tudo bem, mas eles quiseram ir embora cedo.

— Vamos de carro até o centro para ver os fogos de artifício — um deles tinha dito. — Não dá pra perder, vem com a gente.

Jule sabia que Imogen detestava a multidão que se formava nesse tipo de evento. Não conseguia enxergar com tantas cabeças na sua frente. Era barulhento demais.

Forrest não pareceu se importar. Só entrou no carro com aquelas pessoas, depois de pegar um pacote de biscoitos na despensa.

Jule ficou. Ela e Immie deixaram a louça para o empregado e vestiram maiô. Jule tirou a cobertura do ofurô e Immie levou copos grandes de água com gás e limão.

Ficaram em silêncio por um tempo. A noite havia esfriado e o vapor da água subia.

— Você gosta daqui? — Immie finalmente perguntou. — Da minha casa? Da minha companhia?

Jule disse que sim, o que era verdade. Quando Immie olhou para ela com expectativa, ela acrescentou:

— Dá tempo de ver o céu de verdade todo dia, e sentir o gosto da comida. Tenho espaço para me alongar. Nada de trabalho, nenhuma expectativa, nenhum adulto.

— *Nós* somos os adultos — disse Immie, jogando a cabeça para trás. — É o que eu acho. Você, eu e Forrest somos os adultos desta merda, e é por isso que é tão bom. Opa! — Ela derrubou a água com gás no ofurô sem querer. Então começou a procurar três fatias solitárias de limão que afundavam. — Mas que bom que você gosta daqui — Immie disse enquanto pescava o limão —, porque às vezes morar com Forrest era como... estar sozinha. Não consigo explicar. Não sei se é porque ele está escrevendo aquele livro, ou por ser mais velho. Mas é melhor com você aqui.

— Como vocês se conheceram?

— Em Londres. Fiz um curso de verão com o primo dele, aí um dia estava comprando café no Black Dog e o reconheci do Instagram. Começamos a conversar. Ele ia passar um mês aqui para trabalhar no livro. Não conhecia ninguém. E foi isso. — Immie passou os dedos na água. — E você? Está saindo com alguém?

— Tive alguns namorados em Stanford — disse Jule. — Mas ficaram na Califórnia.

— *Alguns* namorados?

— Três.

— Três é muito, Jule!

Ela deu de ombros.

— Eu não conseguia decidir.

— Quando entrei na faculdade — Immie disse —,

Vivian Abromowitz me convidou para uma festa do grêmio estudantil de diversidade racial. Já falei dela, né? Bom, a mãe dela é descendente de chineses e o pai, de judeus coreanos. Ela estava determinada a ir à festa porque uns carinhas iam estar lá. Fiquei um pouco nervosa por ser a única pessoa branca, mas deu tudo certo. A parte estranha foi todos que estavam por lá serem politizados e ambiciosos. Tipo... falando de protestos, livros de filosofia e uma série de filmes sobre o renascimento do Harlem. Em uma festa! Fiquei meio: *quando vamos começar a dançar?* Tipo, nunca. As festas em Stanford eram assim? Sem cerveja e cheias de intelectuais?

— Stanford segue o sistema de fraternidades.

— Então talvez não. Bem, um cara negro alto com dreads que era uma gracinha ficou, tipo, "Você estudou na Greenbriar e nunca leu James Baldwin? E Toni Morrison? Você deveria ler Ta-Nehisi Coates". E eu respondi: "Cara, acabei de entrar na faculdade. Ainda não li nada!". Vivian estava ao meu lado e disse: "Brooke me mandou uma mensagem falando que está rolando uma outra festa com DJ e todo o time de rúgbi. Vamos?". Eu queria muito dançar. Então topei. — Immie afundou a cabeça na água e depois voltou.

— O que aconteceu com o cara arrogante?

Immie riu.

— Isaac Tupperman. É por causa dele que estou contando essa história. Saímos por quase dois meses. Senão nem lembraria o nome daqueles escritores.

— Vocês namoraram?

— Sim. Ele deixava poemas que escrevia na minha bicicleta. Aparecia tipo duas da manhã pra dizer que estava com saudades. Mas a pressão era grande também. Ele cresceu no Bronx e estudou na Stuy...

— O que é Stuy?

— Uma escola pública para crianças superinteligentes em Nova York. Isaac tinha muitas ideias sobre o que eu devia ser, o que eu devia estudar, quais deviam ser as minhas preocupações. Ele queria ser o cara mais velho e incrível que ia mudar a minha vida. E eu me sentia lisonjeada, meio surpresa até, mas às vezes muito de saco cheio.

— Então ele era como o Forrest?

— O quê? Não. Fiquei muito feliz quando conheci o Forrest porque ele era o exato oposto do Isaac. — Immie disse em tom conclusivo, como se fosse completamente verdade. — Isaac gostava de mim porque eu era ignorante, o que significava que ele poderia me ensinar coisas. Isso fazia com que se sentisse homem. E ele realmente sabia muita coisa que eu nunca tinha estudado ou vivido. Mas depois, e aí está a ironia, ele ficou superirritado com a minha ignorância. No fim das contas, terminou comigo. Fiquei triste, dei uma pirada, resolvi vir pra Martha's Vineyard... Até que pensei: *dane-se você, Isaac. Não sou tão ignorante. Só que sei coisas que você não considera importantes ou úteis.* Faz sentido? Quero dizer... eu não sabia as coisas *dele*. E sei que são importantes, mas me senti burra e vazia durante todo o tempo que passei com Isaac. O fato de não conseguir entender a experiência de vida dele e de estar um ano na minha frente e mergulhado no mundo acadêmico, com a revista literária e tal, tudo significava que o tempo todo ele era melhor, e eu tinha que venerar o cara. Era disso que ele gostava em mim. E o motivo de me desprezar.

Immie fez uma pausa rápida e continuou em seguida.

— Teve uma semana em que pensei que estava grávida. Dá pra imaginar? Sou filha adotiva e lá estou eu, grávida de um filho que talvez tivesse que entregar para adoção. Ou abortar. O pai é um cara que meus pais viram uma vez na vida e nem levaram a sério, só por causa da cor da pele e do cabelo. Não tenho ideia do que fazer, então passo a semana inteira faltando às aulas e lendo histórias de aborto na internet. Um dia, finalmente fico menstruada e aviso Isaac. Ele larga tudo, vai até meu dormitório e termina comigo. — Immie cobriu o rosto com as mãos. — Nunca fiquei tão assustada como naquela semana — ela continuou. — Quando achei que tinha um bebê dentro de mim.

Naquela noite, quando Forrest voltou dos fogos, Imogen já tinha ido deitar. Jule ainda estava acordada, assistindo à TV no sofá da sala. Ela foi atrás dele e o viu mexendo na geladeira até encontrar uma cerveja e uma bisteca de porco grelhada.

— Você sabe cozinhar? — ela perguntou.

— Sei fazer macarrão. E esquentar molho de tomate.

— Imogen cozinha muito bem.

— É. Que bom pra gente.

— Ela trabalha duro na cozinha. Aprendeu sozinha, assistindo vídeos e pegando livros de receita na biblioteca.

— É mesmo? — Forrest disse com leveza. — Ei, sobrou doce? Preciso muito de açúcar.

— Eu comi tudo — Jule afirmou.

— Garota de sorte — ele disse. — Bom, vou trabalhar no meu livro. Meu cérebro funciona melhor à noite.

Uma noite, quando Forrest já estava no apartamento em Londres com Jule havia uma semana, ele comprou ingressos para os dois assistirem a *O conto de inverno* na Royal Shakespeare Company. Era algo para distrair a cabeça. Eles precisavam sair do apartamento.

Pegaram a linha Jubilee do metrô e depois a Central até a estação St. Paul e foram andando até o teatro. Estava chovendo. Como a peça ainda demoraria uma hora para começar, encontraram um bar e pediram peixe com batata frita. O salão estava escuro e tinha espelhos nas paredes. Eles comeram no balcão.

Forrest ficou falando de livros. Jule perguntou sobre aquele que ele estava lendo, *O estrangeiro*. Ela pediu para ele contar a história do livro: um cara cuja mãe morreu que mata um homem e vai preso.

— É de mistério?

— Não mesmo — explicou Forrest. — Mistérios perpetuam o status quo. Tudo sempre se resolve no final. A ordem é restaurada. Mas a ordem não existe de verdade. É um constructo artificial. Todo o gênero de livros de mistério reforça a hegemonia das noções ocidentais de causalidade. Em *L'Étranger*, você já sabe tudo o que acontece desde o início. Não há nada a ser descoberto, porque a existência humana é insignificante em sua essência.

— Ah, é tão sexy quando você fala francês — Jule disse, esticando o braço e pegando uma batatinha do prato dele. — *Só que não.*

Quando chegou a conta, Forrest pegou o cartão de crédito.

— Eu pago, graças ao sr. Gabe Martin.

— Seu pai?

— É. Ele cuida das faturas dessa maravilha — Forrest deu uma batidinha no cartão — até eu completar vinte e cinco anos. Assim posso escrever meu livro.

— Que sorte. — Jule pegou o cartão e memorizou o número, então virou e memorizou o código de segurança. — Você nem vê a fatura?

Forrest riu e pegou o cartão de volta, empurrando-o por cima do balcão.

— Vai direto para Connecticut. Mas tento ser consciente e não abusar.

Percorreram o resto do caminho até o Barbican Centre na garoa, com Forrest segurando um guarda-chuva sobre ambos. Compraram um programa cheio de fotografias, com a história da produção, e sentaram no escuro.

Durante o intervalo, Jule encostou na parede do saguão e ficou observando a multidão. Forrest foi ao banheiro. Ela ficou ouvindo os sotaques do público: de Londres, Yorkshire, Liverpool. Boston, o sotaque americano padrão, Califórnia. África do Sul. Londres novamente.

Droga.

Paolo Vallarta-Bellstone estava ali.

Bem ali. Do outro lado do saguão.

Ele se destacava em meio à multidão monótona. Vestia uma camiseta vermelha sob um blazer e tênis azuis e amarelos. O jeans tinha a barra desfiada. A mãe dele era filipina e o pai, um americano branco de ascendência confusa. Paolo usava essas palavras para descrevê-los. Tinha cabelos pretos — sempre curtos desde que ela o conhecera — e sobrancelhas suaves. Rosto redondo, olhos castanhos, e lábios macios e vermelhos, quase carnudos. Dentes retos. Era do tipo de cara que viaja pelo mundo apenas com uma mochila, conversa com estranhos em carrosséis e museus de cera. Era bom de papo, gostava de pessoas e sempre pensava o melhor delas. No momento, comia balas de goma de um saquinho amarelo.

Jule se virou. Não gostou da felicidade que estava sentindo. Não gostou de como o tinha achado lindo.

Não. Ela não queria ver Paolo Vallarta-Bellstone.

Não podia vê-lo. Nem agora nem nunca.

Jule deixou o saguão de imediato e voltou para o teatro. As portas se fecharam depois que ela passou. Não havia muitos espectadores lá dentro. Apenas lanterninhas e algumas pessoas mais velhas que não quiseram sair de seus lugares.

Tinha que sair o mais rápido possível para que Paolo não a visse. Pegou o casaco. Esperar Forrest não era uma opção.

Haveria uma saída lateral?

Estava subindo pelo corredor entre os assentos com a jaqueta sobre o braço e lá estava ele. Bem na sua frente. Jule parou. Não havia escapatória.

Paolo acenou com o saquinho de balas na mão.

— Imogen! — Ele percorreu o resto do espaço que os separava e deu um beijo no rosto dela. Jule sentiu o açúcar em seu hálito. — Que ótimo te encontrar.

— Oi — ela disse com frieza. — Achei que você estava na Tailândia.

— Os planos foram adiados — Paolo esclareceu. — Ficou pra depois. — Ele se afastou como se quisesse admirá-la. — Você deve ser a garota mais linda de Londres. Uau.

— Obrigada.

— Estou falando sério. Bom, mulher, não garota. Desculpe. As pessoas ficam te seguindo por aí e babando? Como ficou ainda mais linda desde a última vez que te vi? É assustador. Estou nervoso, aí acabo falando demais.

Jule sentiu sua pele esquentar.

— Venha comigo — ele disse. — Vamos tomar um chá. Ou um café. Ou o que quiser. Estou com saudades.

— Eu também. — Ela não pretendia dizer aquilo. As palavras saíram, e eram verdadeiras.

Paolo pegou na mão dela, tocando em seus dedos. Ele sempre fora confiante. Mesmo quando Jule o rejeitara, ele soube de cara que não era real. Era extremamente gentil e seguro de si ao mesmo tempo. Paolo a tocava como se os dois tivessem sorte de estar se tocando; como se soubesse que ela não permitia aquilo com muita frequência. Com a ponta dos dedos, conduziu Jule de volta ao saguão.

— Não liguei porque foi o que você pediu — Paolo disse, soltando a mão dela e entrando na fila para pedir o chá. — Penso em te ligar o tempo todo. Todo dia. Fico olhando para o celular e só não ligo porque não quero parecer desesperado. Estou muito feliz por ter te encontrado aqui. Nossa, você está maravilhosa.

Jule gostava do modo como a camiseta dele caía sobre os ossinhos da clavícula, de como seus pulsos se movimentavam junto ao tecido do blazer. Ele mordia o lábio inferior quando estava preocupado. Seu rosto se curvava de leve contra o preto dos cílios. Ela queria ver o rosto dele quando abrisse os olhos pela manhã. Sentia que se Paolo Vallarta-Bellstone fosse a primeira coisa que visse no dia, tudo ficaria bem.

— Ainda sem planos de voltar para Nova York? — ele perguntou.

— Não quero voltar para casa nunca mais — respondeu Jule. Como tantas coisas que se pegava dizendo a ele, aquela era uma verdade absoluta. Os olhos dela se encheram de lágrimas.

— Nem eu — Paolo disse. Seu pai era um magnata do ramo imobiliário que havia sido acusado de fazer uso de informações privilegiadas em proveito próprio alguns meses antes. Seu rosto tinha saído em manchetes de jornal. — Minha mãe deixou meu pai quando descobriu o que ele estava fazendo. Agora está morando com a irmã e precisa pegar transporte público de Nova Jersey todos os dias para trabalhar. Está a maior confusão. Advogados estão cuidando do divórcio, além dos advogados criminais e mediadores. Um saco.

— Sinto muito.

— A coisa está bem feia. Meu tio, irmão do meu pai, é um racista completo. Você não ia acreditar nas coisas que ele fala. Então minha mãe está bem mal-humorada. E tem todo o direito de estar, mas, sinceramente, não suporto nem falar com ela pelo telefone. Não tem nada de bom me esperando em casa.

— O que você vai fazer?

— Viajar um pouco mais por aí. Vou fazer mochilão com um amigo pela Tailândia, depois Camboja e Vietnã. O mesmo plano de antes. Também queremos ir pra Hong Kong e visitar minha avó nas Filipinas. — Ele pegou de novo a mão de Jule, passando o dedo pela palma com delicadeza. — Você não está usando seus anéis. — As unhas dela estavam pintadas de rosa-claro.

— Só um. — Jule mostrou a outra mão a ele, com a serpente de jade. — Os outros eram de uma amiga. Eu pegava emprestado.

— Achei que eram seus.

— Não. Sim. Não. — Jule suspirou.

— O que foi?

— Ela se matou há pouco tempo. A gente brigou e ela morreu brava comigo. — Jule estava dizendo a verdade e estava mentindo. Paolo bagunçava seus pensamentos. Ela sabia que não devia falar mais nada. Podia sentir as histórias que havia contado a si mesma e aquelas que havia contado aos outros se misturando, se sobrepondo, mudando de tom. Aquela noite, não sabia o nome das histórias, o que queria dizer e o que não queria.

Paolo apertou sua mão.

— Sinto muito.

Jule disse sem pensar:

— Você acha que uma pessoa é tão ruim quanto suas piores ações?

— Quê?

— Acha que uma pessoa é tão ruim quanto suas piores ações?

— Está me perguntando se acho que sua amiga vai para o inferno por ter se matado?

— Não. — Não era aquilo que Jule estava perguntando. — Quero dizer... nossas piores ações nos definem? Ou somos melhores do que as piores coisas que já fizemos?

Paolo parou para pensar.

— Bom, veja Leontes em *O conto de inverno*. Ele tentou envenenar seu amigo, jogou a própria esposa na prisão e abandonou seu filho ainda bebê. Isso faz dele o pior dos piores, né?

— Sim.

— Mas, no final... Você já viu a peça?

— Não.

— No final, ele se arrepende de tudo. E isso basta. Todos o perdoam. Shakespeare permite que Leontes se redima mesmo depois de fazer todas aquelas coisas horríveis.

Jule queria contar tudo a Paolo.

Ela queria revelar seu passado em toda a feiura e beleza, coragem e complexidade. Queria se redimir assim.

Mas não conseguiu falar nada.

— Aaaah — disse Paolo, esticando a palavra. — Não estamos falando sobre a peça, estamos?

Jule negou com a cabeça.

— Não estou bravo, Imogen — disse Paolo. — Sou louco por você. — Ele esticou o braço e tocou o rosto dela. Depois passou o polegar sobre seu lábio inferior. — Tenho certeza de que sua amiga também não está, independente do que tenha acontecido. Você é uma pessoa incrível, do melhor tipo. Posso garantir.

Eles chegaram ao início da fila.

— Dois chás — Jule disse à moça no balcão. Uma lágrima escorreu de seus olhos. Ela tinha que deixar de ser emotiva.

— Essa conversa cairia melhor com um jantar — disse Paolo. Ele pagou os chás. — Quer jantar depois da peça? Ou comer um sanduíche? Conheço um lugar que vende bagels legítimos de Nova York.

Jule sabia que deveria dizer não, mas concordou.

— Ótimo. Mas, por enquanto, vamos falar de coisas alegres — disse Paolo. Eles pegaram os copos descartáveis e foram até um balcão com leite e colherinhas. — Eu só bebo com dois pacotes de açúcar e bastante leite. Como você gosta?

— Com limão — Jule disse. — Quatro rodelas.

— Bom, coisas alegres e banais — Paolo disse enquanto iam até uma mesa. — Devo falar sobre mim?

— Acho que não tenho como impedir.

Ele riu.

— Quando eu tinha oito anos, quebrei o tornozelo pulando do teto do carro do meu tio. Tinha um cachorro chamado Twister e um hamster chamado São Jorge. Queria ser detetive. Uma vez passei mal de tanto comer cerejas. E não saí com ninguém desde que me pediu pra não te ligar.

Ela não conseguiu disfarçar o sorriso.

— Mentiroso.

— Nenhuma mulher. Vim aqui com Artie Thatcher.

— O amigo do seu pai?

— Estou na casa dele. Artie me disse que ninguém conhece Londres se não vier à Royal Shakespeare Company. E você?

Jule foi novamente lançada à realidade.

Ela estava ali com Forrest.

Havia sido idiota da parte dela, em um nível impensável, deixar Paolo distraí-la.

Ela estava para sair do teatro. Mas ele encostara os lábios no rosto dela. Tocara seus dedos. Prestara atenção em suas mãos e dissera que estava linda. E que tinha vontade de ligar para ela todos os dias.

Jule estava com saudade.

Mas Forrest estava lá.

Eles não podiam se encontrar. Paolo não podia vê-lo de jeito nenhum.

— Olha, eu preciso...

Forrest apareceu atrás dela, parecendo relaxado.

— Você encontrou um amigo — disse a Jule, como se conversasse com um cachorrinho.

Eles tinham que ir embora dali imediatamente. Ela se levantou.

— Não estou me sentindo bem — Jule afirmou. — Estou com tontura e meio enjoada. Pode me levar para casa? — Ela pegou no pulso de Forrest e o puxou na direção das portas do saguão.

— Você estava bem até agora há pouco — ele disse, indo atrás dela.

— Foi ótimo ver você — Jule gritou para Paolo. — Tchau.

Ela queria que Paolo permanecesse em sua cadeira, mas ele levantou e seguiu os dois até a porta.

— Meu nome é Paolo Vallarta-Bellstone — ele disse, sorrindo para Forrest enquanto caminhavam. — Sou amigo da Imogen.

— Temos que ir — Jule disse.

— Forrest Smith-Martin. Então você ficou sabendo?

— Vamos embora — disse Jule. — *Agora*.

— Do quê? — perguntou Paolo. Ele continuou acompanhando os dois até que Jule puxou Forrest para fora.

— Desculpa — ela disse. — Tem algo errado comigo. Chama um táxi. Por favor.

Eles já estavam do lado de fora, debaixo de chuva. O Barbican Centre tinha longas passagens que davam para a rua. Jule puxou Forrest pela calçada.

Paolo parou sob o abrigo do prédio, sem querer se molhar.

Jule fez sinal para um táxi preto. Entrou. Deu o endereço do apartamento em St. John's Wood.

Depois respirou fundo e acalmou a mente. Resolveu o que diria a Forrest.

— Deixei minha jaqueta na cadeira — ele reclamou. — Você está passando mal?

— Não, na verdade não.

— Então o que foi? Por que estamos indo para casa?

— Aquele cara estava me perturbando.

— Paolo?

— É. Ele me liga o tempo todo. Várias vezes por dia. Manda mensagens. E-mails. É tipo um stalker.

— Você tem uns relacionamentos estranhos.

— Não é um relacionamento. Ele não aceita não como resposta. Por isso tive que sair.

— Paolo alguma coisa Bellstone, certo? — perguntou Forrest. — Era esse o nome dele?

— Sim.

— Ele é parente de Stuart Bellstone?

— Não sei.

— Mas esse era o sobrenome? Bellstone? — Forrest pegou o celular. — Na Wikipédia está escrito que… sim, ele é filho de Stuart Bellstone, do escândalo das transações da D&G, blá-blá-blá, seu filho é Paolo Vallarta-Bellstone.

— Acho que sim — disse Jule. — Tento saber o menos possível sobre ele.

— Bellstone, que engraçado — disse Forrest. — Imogen o conhecia?

— Sim. Não. — Ela estava confusa.

— Sim ou não?

— As famílias dos dois se conhecem. Demos de cara com ele quando chegamos em Londres.

— E agora o cara está te perseguindo?

— Está.

— E você nunca pensou que seria bom mencionar o tal

Bellstone para a polícia que está investigando o desaparecimento de Immie?

— Ele não tem nada a ver com isso.

— Pode ter. Muitas coisas não fazem sentido nessa história.

— Immie se matou e pronto — rebateu Jule. — Ela estava deprimida. Não amava mais você nem me amava o bastante pra continuar viva. Pare de agir como se pudesse ter sido qualquer outra coisa.

Forrest mordeu o lábio e eles continuaram o percurso em silêncio. Depois de um ou dois minutos, Jule olhou para ele e viu que estava chorando.

Forrest tinha ido embora quando Jule acordou. Simplesmente não estava no sofá-cama. Sua mala não estava no armário do corredor. Seus suéteres felpudos não estavam jogados pela sala. Seu laptop e seus romances franceses tinham sumido. Só havia deixado a louça suja na pia.

Jule não sentiria sua falta. Nunca mais queria vê-lo. Mas preferiria que não fosse embora sem dizer o porquê.

O que Paolo havia dito a Forrest na noite anterior? Apenas "Sou amigo da Imogen", "Do quê?" e seu nome. Só isso.

Ele não tinha ouvido Paolo chamar Jule de "Imogen". Tinha?

Não. Talvez.

Não.

Por que Forrest queria que Paolo fosse investigado? Achava que Imogen havia sido perseguida e assassinada? Que ela havia se envolvido em um romance com Paolo? Ou que Jule estava mentindo?

Jule fez as malas e foi para um albergue sobre o qual havia lido, do outro lado da cidade.

15

TERCEIRA SEMANA DE FEVEREIRO, 2017
LONDRES

Oito dias antes de Jule partir para o albergue, ela ligou do apartamento de Londres para o celular de Forrest. Suas mãos estavam tremendo. Sentou na bancada da cozinha, ao lado da cesta de pães, e deixou os pés no ar. Era de manhã bem cedo. Ela queria acabar com aquilo o quanto antes.

— Oi, Jule — ele disse. — Ela voltou?

— Não.

— Ah. — Houve uma pausa. — Então por que você está me ligando? — Dava para sentir o desdém na voz de Forrest.

— Tenho más notícias — Jule disse. — Sinto muito.

— O que foi?

— Onde você está?

— Numa banca de jornal.

— Acho melhor você sair daí.

— Está bem. — Jule esperou enquanto ele caminhava. — O que foi? — Forrest perguntou.

— Encontrei um bilhete no apartamento. Da Imogen.

— Que tipo de bilhete?

— Estava na cesta de pães. Vou ler. — Jule segurou o

bilhete com a ponta dos dedos. Lá estavam as letras altas e cheias de voltas da assinatura de Immie, frases típicas dela e suas palavras preferidas.

Ei, Jule. Quando você ler isso, já terei tomado uma overdose de remédios para dormir. Terei chamado um táxi até a Ponte de Westminster.

Terei colocado pedras nos bolsos. Muitas. Andei juntando a semana toda. Vou me afogar. Vou pertencer ao rio e vou sentir algum alívio.

Sei que vai se perguntar o porquê. É difícil responder. Nada está certo. Não me sinto mais em casa. Nunca me senti. E acho que nunca vou.

Forrest não entenderia. Nem Brooke. Mas acho que você é capaz de entender. Porque você conhece uma parte de mim que ninguém mais é capaz de amar. Se bem que já não sei se alguma parte de mim ainda está viva.

Immie

— Ai, meu Deus. Ai, meu Deus. — Forrest repetiu várias vezes.

Jule pensou na bela ponte de Westminster, com seus arcos de pedra e suas grades verdes, e no rio frio e denso que corria sob ela. Pensou no corpo de Immie, com uma camisa branca encharcada, boiando com o rosto virado para a água, em meio a sangue. Sentiu a perda de Imogen Sokoloff mais do que Forrest jamais sentiria.

— Ela escreveu esse bilhete há dias — Jule disse a Forrest quando ele finalmente ficou quieto. — Está desaparecida desde quarta-feira.

— Você disse que ela tinha ido para Paris.

— Era o que eu achava.

— Talvez ela não tenha pulado.

— Isso é um bilhete de suicídio.

— Mas por quê? Por que ela faria isso?

— Ela nunca se sentiu em casa. Você sabe que isso é verdade. E ela disse no bilhete. — Jule engoliu em seco e depois disse o que sabia que Forrest queria ouvir. — O que acha que devemos fazer? Não faço a menor ideia. Você é a primeira pessoa para quem estou contando.

— Estou a caminho — disse Forrest. — Ligue para a polícia.

Forrest chegou no apartamento duas horas depois. Parecia vazio e desgrenhado. Chegou com suas malas e declarou que dormiria no sofá da sala até que as coisas se resolvessem. Jule podia ficar com o quarto. Ele achava que nenhum dos dois deveria ficar sozinho.

Ela não o queria ali. Estava triste e vulnerável. Com Forrest, preferia manter uma armadura. Mas ela precisava admitir que ele era bom em situações de crise. Ele se propôs a mandar mensagens de texto e telefonar para as pessoas, falando com todos com uma gentileza que Jule nem sabia que tinha. Os Sokoloff, os amigos de Martha's Vineyard, os colegas de faculdade — Forrest entrou em contato com todos pessoalmente, riscando cada um dos nomes da lista que havia feito.

Jule ligou para a polícia. Eles entraram fazendo muito alvoroço enquanto Forrest estava ao telefone com Patti. Pegaram o bilhete com a caligrafia de Imogen, depois tomaram o depoimento de Jule e Forrest.

Os policiais concordaram que não parecia que Immie tinha saído de viagem. Suas malas estavam no armário, assim como as roupas. Sua carteira e os cartões de crédito estavam em uma bolsa. O laptop não estava no apartamento, no entanto, e a carteira de motorista e o passaporte não foram encontrados.

Forrest perguntou ao policial se o bilhete de suicídio podia ser falso.

— Talvez um sequestrador quisesse se livrar de suspeitas — ele disse. — Ou talvez ela tenha sido forçada a escrever o bilhete. Dá pra saber isso pela letra?

— Forrest, o bilhete estava na cesta de pães — Jule lembrou a ele com calma. — Immie o deixou para mim.

— Por que a srta. Sokoloff seria sequestrada? — perguntou o policial.

— Por dinheiro. Alguém pode estar com ela pra pedir resgate. É estranho o laptop não estar aqui. Ou ela pode ter sido assassinada. Tipo… por alguém que a obrigou a escrever o bilhete.

Os policiais ouviram as teorias de Forrest. Apontaram que ele próprio seria o principal suspeito: um ex-namorado que havia chegado recentemente na cidade procurando por Imogen. Mas também deixaram claro que não suspeitavam de nenhum crime. Procuraram sinais de luta e não encontraram nada.

Forrest disse que Imogen podia ter sido sequestrada fora do apartamento, mas os policiais o lembraram da cesta de pães.

— O bilhete de suicídio deixa tudo bem claro — disseram. Jule confirmou que aquela era a caligrafia de Immie. Forrest também. Ou, pelo menos, parecia a caligrafia dela, disse.

Jule deu aos policiais o celular de Imogen. Só havia ligações para museus e e-mails de seus pais, Forrest, Vivian Abromowitz e mais alguns amigos que ela não conseguiu identificar. Eles pediram os registros bancários de Immie. Jule entregou a eles alguns papéis que haviam sido impressos do laptop desaparecido. Estavam na gaveta de uma escrivaninha na sala.

Prometeram procurar o corpo de Imogen no rio, mas deixaram claro que, se estivesse carregado de pedras, não iam encontrá-lo com facilidade. A corrente de água provavelmente o teria levado para longe da ponte de Westminster.

Poderiam levar dias ou até mesmo semanas para encontrá-la.

14

FIM DE DEZEMBRO, 2016

LONDRES

Seis semanas antes, Jule chegou em Londres pela primeira vez. Era 26 de dezembro. Ela pegou um táxi até o hotel que tinha reservado. As cédulas de libra eram grandes demais e mal cabiam na carteira. A corrida de táxi ficou muito cara, mas Jule não se importou. Estava sendo financiada.

O hotel era um prédio antigo e formal, reformado por dentro. Um homem de blazer xadrez estava no balcão. Ele tinha um registro da reserva e acompanhou Jule pessoalmente ao seu quarto. Os dois conversaram enquanto um carregador levava a bagagem. Ela adorou seu jeito de falar, como se tivesse saído de um romance de Dickens.

As paredes da suíte tinham papel de parede estampado em preto e branco. Pesadas cortinas bordadas cobriam as janelas. O piso do banheiro era aquecido. As toalhas eram cor de creme, com pequenos quadrados em relevo. Havia sabonetes de lavanda embrulhados em papel pardo.

Jule pediu um prato de filé para comer no quarto. Quando chegou, devorou tudo e tomou dois copos grandes de água. Depois, dormiu por dezoito horas.

Ela acordou radiante.

Estava em uma nova cidade, em um país estrangeiro. O cenário de *A feira das vaidades* e *Grandes esperanças*. Era a cidade de Immie, mas logo também seria de Jule, assim como os livros que Immie amava haviam se tornado parte dela.

Abriu as cortinas. Londres se expandia diante de seus olhos. Ônibus vermelhos e táxis pretos se arrastavam pelo trânsito em ruas estreitas. Os prédios pareciam ter centenas de anos. Ela pensou em todas as vidas que existiam ali, dirigindo do lado esquerdo, tomando chá, vendo BBC.

Jule se sentia livre de culpa e pesar, como se tivesse trocado de pele. Ela se via como uma justiceira solitária, uma super-heroína de folga, uma espiã. Era mais corajosa do que qualquer um naquele hotel, mais corajosa do que Londres inteira, muito mais corajosa do que uma pessoa normal.

No verão em Martha's Vineyard, Immie havia mencionado um apartamento que tinha em Londres.

— As chaves estão bem ali — ela havia dito. Então apontara para a bolsa. — Poderíamos ir amanhã.

Depois nunca mais tocou no assunto.

Agora Jule ligava para o administrador de imóveis que cuidava do apartamento e dizia que Immie estava na cidade. Ele poderia pedir para que limpassem e arejassem o lugar? Poderia providenciar mantimentos e flores frescas? Sim, tudo seria organizado.

Quando o apartamento estava pronto, a chave de Immie girou facilmente na fechadura. Era um imóvel grande, com um quarto e uma saleta em St. John's Wood, perto de muitas lojas. Ocupava o último andar de um prédio branco e tinha janelas com vista para as árvores. Os armários estavam cheios de toalhas macias e lençóis listrados. Havia apenas uma banheira, sem chuveiro. A geladeira era pequena e a cozinha não tinha muitos utensílios. Immie havia montado o apartamento antes de aprender a cozinhar. Mas não importava.

Após a formatura do colégio, Imogen tinha feito um curso de verão em Londres. Enquanto estivera lá, comprara rapidamente o apartamento com apoio de seu consultor financeiro. Depois ela e seus amigos foram comprar antiguidades no mercado da Portobello Road e tecidos na Harrods. Immie cobriu a porta da frente com fotografias daquele verão — talvez umas cinquenta. A maioria mostrava ela com um grupo de amigos, todos abraçados, em frente a locais como a torre de Londres e o museu de cera Madame Tussauds.

Jule guardou suas coisas no apartamento e tirou as fotografias. Jogou tudo fora e levou o saco de lixo para o porão.

Nas semanas seguintes, ela comprou um novo laptop e jogou os dois antigos no incinerador. Foi a museus e restaurantes, comeu filé em estabelecimentos silenciosos e hambúrgueres em pubs barulhentos. Era educada com os atendentes. Conversava com vendedores de livros e dava sempre o nome de Immie. Conversava com turistas — pessoas de passagem — e às vezes ia comer com eles ou os acompanhava ao teatro. Sentia-se como imaginava que Immie se sentia: bem-vinda em todos os lugares. Continuou se exercitando e só comia o que gostava. Fora isso, vivia a vida da amiga.

No início de sua terceira semana em Londres, foi ao Madame Tussauds. É uma atração famosa, cheia de atores de Bollywood, membros da família real e astros sorridentes de boy bands, todos esculpidos em cera. O local estava lotado de crianças americanas barulhentas e pais irritados.

Jule estava olhando para o modelo de cera de Charles Dickens, sentado com ar de tristeza em uma cadeira de madeira, quando alguém falou com ela.

— Se ele estivesse vivo — disse Paolo Vallarta-Bellstone —, já teria raspado essa cabeça calva.

— Se ele estivesse vivo — disse Jule —, seria roteirista de TV.

— Você lembra de mim? — ele perguntou. — Sou Paolo. Nós nos conhecemos no verão, em Martha's Vineyard. — Ele tinha um sorriso acanhado. Usava jeans velhos, uma camiseta laranja e tênis surrados. Estava fazendo mochilão. — Você mudou o cabelo — ele acrescentou. — Não tinha certeza se era você.

Jule tinha esquecido o quanto Paolo era bonito. Eles haviam se beijado. Os cabelos grossos e pretos dele estavam sobre o rosto, que parecia levemente queimado de sol. Seus lábios estavam um pouco rachados. Talvez estivesse esquiando.

— Lembro — ela disse. — Fica sempre em dúvida entre calda de caramelo e de chocolate, passa mal em carrosséis, talvez queira ser médico. Joga golfe, o que é chato; está viajando pelo mundo, o que é interessante; segue meninas em museus e se aproxima delas quando param para ver um escritor famoso feito de cera.

— Fico feliz por lembrar de mim, mesmo que isso inclua um comentário maldoso sobre golfe. Já leu esse cara? — Paolo apontou para Dickens. — Eu devia ter lido na escola, mas acabei desistindo.

— Li.

— Qual o melhor livro dele?

— *Grandes esperanças.*

— Qual é a história? — Paolo não estava olhando para a estátua de cera. Observava Jule com atenção. Ele passou a mão pelo braço dela enquanto respondia. Foi um movimento muito confiante, tocá-la daquele jeito, segundos depois de se reapresentar. Jule não costumava deixar que as pessoas a tocassem, mas não se importou com Paolo. Ele foi muito gentil.

— Um garoto órfão se apaixona por uma menina rica chamada Estella. Ela foi treinada a vida toda para partir o coração dos homens, talvez já nem tenha um coração. Foi criada por uma mulher louca que foi largada no altar.

— Então essa Estella parte o coração do órfão?

— Muitas e muitas vezes. De propósito. Ela não sabe como fazer outra coisa. Partir corações é seu único poder no mundo. — Eles se afastaram de Dickens e foram para outra seção do museu. — Está sozinho? — Jule perguntou.

— Com um amigo do meu pai. Estou passando uns dias na casa dele. Ele quer me mostrar a cidade, só que precisa sentar toda hora. Artie Thatcher, você conhece?

— Não.

— Ele tem problema no ciático. Foi descansar na loja de chás.

— E por que você está em Londres?

— Passei por Espanha, Portugal, França, Alemanha, Holanda e França de novo. Então vim para cá. Estava viajando com um amigo, mas ele foi passar o Natal em casa e não quis mais voltar. Decidi passar as festas na casa do Artie. E você?

— Tenho um apartamento aqui.

Paolo se aproximou e apontou para um corredor escuro.

— Ei, no fim daquele corredor fica a Câmara dos Horrores. Quer ir comigo? Preciso de proteção.

— Proteção do quê?

— Dos bonecos de cera assustadores — Paolo respondeu. — É uma prisão cheia de detentos. Eu pesquisei. Muito sangue e entranhas.

— E você quer ir?

— Amo sangue e entranhas. Mas só quando estou acompanhado. — Ele sorriu. — Você vai me proteger dos detentos do hospício, Imogen? — Eles pararam na porta da Câmara dos Horrores.

— É claro — Jule respondeu.

Nunca existiram três namorados em Stanford.

Nunca existiram três namorados em lugar nenhum. Nem ao menos um namorado.

Jule não precisava de um homem, nem sabia se gostava deles — não sabia se gostava de *pessoas*.

Ela ia se encontrar com Paolo às oito horas. Escovou os dentes três vezes e trocou de roupa duas. Passou perfume de jasmim.

Quando o viu esperando ao lado do carrossel, onde haviam combinado, quase virou as costas e foi embora. Paolo estava observando um artista de rua. Tinha um cachecol bem enrolado no pescoço para se proteger do vento do inverno.

Jule disse a si mesma que não devia se aproximar de ninguém. O risco não compensava. Ela estava prestes a ir embora, mas então Paolo a avistou e correu em sua direção a toda velocidade, como um garotinho, parando pouco antes de trombarem. Ele a segurou pelos pulsos e girou, depois disse:

— Nossa, parece um filme. Acredita que estamos em Londres? Toda a nossa vida está do outro lado do oceano.

E ele estava certo. Tudo estava do outro lado do oceano.

Por uma noite, tudo ficaria bem.

Paolo levou Jule para caminhar às margens do Tâmisa. Artistas de rua tocavam acordeão e andavam na corda bamba. Eles ficaram fuçando em uma livraria por um tempo, depois Jule comprou algodão-doce para os dois. Enchendo a boca de nuvens cor-de-rosa, os dois caminharam pela ponte de Westminster.

Jule permitiu que Paolo pegasse em sua mão. Acariciou o

pulso dela com leveza, com o polegar. Aquilo fez uma onda de calor subir por seu braço. Ela ficou surpresa por achar o toque dele tão agradável.

A ponte de Westminster era uma série de arcos de pedra sobre o rio, cinza e verde. Luzes no alto da ponte refletiam no rio agitado.

— A pior coisa naquela Câmara dos Horrores foi Jack, o Estripador — disse Paolo. — Sabe por quê?

— Por quê?

— Primeiro porque ele nunca foi pego. E depois porque existem rumores de que se matou pulando desta mesma ponte.

— Até parece.

— É verdade. Ele devia estar parado bem aqui quando pulou. Li na internet.

— Isso é besteira — Jule disse. — Ninguém sabe quem ele foi.

— Você tem razão — Paolo disse. — É besteira.

Então ele a beijou, sob a luz do poste. Como em uma cena de filme. As pedras estavam úmidas e a neblina cintilava. Seus casacos quase voavam ao vento. Jule estremeceu com o ar frio da noite, e Paolo colocou a mão quente em seu pescoço.

Ele a beijou como se não desejasse estar em qualquer outro lugar do planeta, de tão incrível que aquilo era. Como se soubesse que ela não permitia que ninguém a tocasse, mas que *ele* podia, e se sentisse o cara mais sortudo do mundo por isso. Jule sentiu como se o rio que passava sob ela estivesse correndo em suas veias.

Queria ser ela mesma com ele.

Ficou imaginando se *estava* sendo ela mesma. Se podia continuar sendo ela mesma.

E se alguém podia amar a pessoa que ela era.

Eles se afastaram e caminharam em silêncio por um minuto. Um grupo com quatro jovens embriagadas seguia na direção deles, mal conseguindo atravessar a ponte com os sapatos de salto alto.

— Não acredito que eles nos obrigaram a sair — uma delas reclamou, arrastando as palavras.

— Aqueles idiotas não queriam nosso dinheiro — disse outra. Elas tinham sotaque de Yorkshire.

— Aaah, ele é bonitinho — disse a primeira, olhando para Paolo a três metros de distância.

— Acha que ele quer sair pra beber?

— Rá! Descarada.

— Não custa nada perguntar.

Uma delas gritou:

— Se quiser se divertir, caro senhor, pode nos acompanhar.

Paolo ficou vermelho.

— O quê?

— Você vem? — ela perguntou. — Só você.

Paolo negou com a cabeça. Elas se afastaram dando risada, e ele as observou até saírem da ponte. Depois pegou novamente na mão de Jule.

Mas o clima havia mudado. Eles não sabiam mais o que dizer um ao outro.

Finalmente, Paolo falou:

— Você conhece Brooke Lannon?

O quê?

A amiga de Imogen, Brooke. Qual era a relação entre Paolo e Brooke?

Jule respondeu com leveza na voz:

— Sim, da Vassar. Por quê?

— Ela... morreu há mais ou menos uma semana. — Paolo olhou para o chão.

— O quê? Nossa.

— Não queria ter que dar essa notícia. Não tinha me ligado até agora que vocês deviam se conhecer — explicou Paolo.

— E você a conhece de onde?

— Não conheço, na verdade. Ela ficou amiga da minha irmã em um acampamento de verão.

— O que aconteceu? — Jule queria desesperadamente ouvir a resposta dele, mas tentou manter um tom de voz calmo.

— Foi um acidente. Em um parque em San Francisco. Ela estava visitando uns amigos que estudam lá, mas eles estavam ocupados ou algo do tipo, e Brooke resolveu fazer uma trilha sozinha em uma reserva. Já estava escurecendo e ela simplesmente... caiu de uma passarela. Uma passarela sobre um barranco.

— Ela caiu?

— Acham que ela estava bêbada. Bateu a cabeça e ninguém a encontrou até hoje cedo. Os animais foram mais rápidos. O corpo estava bem deteriorado.

Jule estremeceu. Ela pensou em Brooke Lannon, com sua risada alta e exibicionista. Brooke, que bebia demais. Brooke, com aquele senso de humor estranho, cabelos loiros e lisos e corpo musculoso. O rosto sempre com uma expressão esnobe. A tola, insignificante e rude Brooke.

— Como sabem disso?

— Encontraram o carro dela no estacionamento com uma garrafa de vodca vazia dentro. Talvez ela tenha se debruçado na grade para ver alguma coisa.

— Foi suicídio?

— Não, não. Só um acidente. Saiu na imprensa hoje, como uma lição de moral. Aquela história... sempre que se aventurar na natureza, leve um amigo. Não beba vodca e tente atravessar uma passarela. A família ficou preocupada quando ela não apareceu na véspera de Natal, mas a polícia supôs que Brooke tivesse desaparecido propositalmente.

Jule se sentiu fria e estranha. Não tinha pensado em Brooke desde que chegara em Londres. Podia ter entrado em contato com ela pela internet, mas não entrara. Havia tirado a garota completamente da cabeça.

— Tem certeza de que foi acidente?

— Um acidente terrível — disse Paolo. — Sinto muito.

Eles caminharam um bom tanto em um silêncio constrangedor.

Paolo cobriu as orelhas com o gorro.

Depois de um minuto, Jule esticou o braço e pegou novamente na mão dele. Queria tocá-lo. Admitir aquilo e tomar uma atitude pareceu mais um ato de coragem do que qualquer briga em que já tivesse se envolvido.

— Não vamos ficar pensando nisso — ela disse. — Vamos ficar nesse lado do oceano e agradecer a nossa sorte.

Ela deixou que Paolo a acompanhasse de volta para casa, então ele a beijou de novo. Eles ficaram abraçados nos degraus pra se manter aquecidos, enquanto flocos de neve flutuavam no ar.

No dia seguinte pela manhã, Paolo apareceu no apartamento com uma sacola. Jule estava de calça de pijama e uma blusa de alcinha quando ele tocou o interfone. Ela o fez esperar no corredor enquanto se trocava.

— Um amigo emprestou a casa dele em Dorset — ele disse, acompanhando-a até a cozinha. — E aluguei um carro. Tudo que alguém pode precisar durante uma viagem de fim de semana está nessa sacola.

Jule espiou o conteúdo: quatro barras de chocolate, salgadinhos, balas, duas garrafas de água com gás e um pacote de batatinhas.

— Não tem nenhuma roupa aí dentro. Nem mesmo uma escova de dente.

— Essas coisas são para amadores.

Ela riu.

— Eca.

— Está bem, tenho uma mochila no carro. Mas esses itens são os que realmente importam — Paolo afirmou. — Podemos passar em Stonehenge no caminho. Você já visitou?

— Não. — Jule estava particularmente curiosa para ver Stonehenge. Tinha lido a respeito em um romance de Thomas Hardy que havia comprado em uma livraria de San Francisco. Mas a verdade era que queria ver *tudo.* Era assim que se sentia. Toda as partes de Londres que ainda não havia visto, toda a Inglaterra, o mundo inteiro... e se sentir livre, poderosa e merecedora de testemunhar e compreender o que existia lá fora.

— Mistérios seculares são sempre interessantes — disse

Paolo. — Depois, quando chegarmos à casa, podemos caminhar e ver os carneirinhos nos campos. Ou tirar fotos deles. Passar a mão neles. O que quer que as pessoas façam no campo.

— Você está me convidando?

— Sim! Tem dois quartos.

Ele se encarapitou na beirada da cadeira da cozinha, como se não tivesse certeza de como seria recebido. Como se pudesse ter se entusiasmado demais.

— Você está nervoso — ela disse, tentando ganhar tempo. Ela queria aceitar, mas sabia que não devia.

— É, estou muito nervoso.

— Por quê?

Paolo parou para pensar.

— Há muito em jogo aqui. Sua resposta é importante pra mim. — Paolo levantou lentamente e beijou o pescoço dela. Jule se aproximou dele, que tremia um pouco. Beijou o lóbulo macio de sua orelha e depois seus lábios, ficando na ponta dos pés.

— Isso quer dizer "sim"? — ele sussurrou.

Ela sabia que não devia ir

Era uma péssima ideia. Tinha deixado aquela possibilidade para trás há muito tempo. O amor era o que se deixava para trás quando se tornava o que ela era agora. Grandiosa. Perigosa. Havia corrido riscos e se reinventado.

Mas agora esse garoto estava em sua cozinha, tremendo ao beijá-la, segurando uma sacola de petiscos e água com gás. Falando coisas sem sentido sobre carneirinhos.

Jule foi até o outro lado do cômodo e lavou as mãos na pia. Sentiu que o universo estava lhe oferecendo algo belo e especial. Não faria outra oferta como aquela.

Paolo foi até ela e colocou a mão em seu ombro, com muita, muita gentileza, como se pedisse permissão. Como se estivesse admirado por ter autorização para tocar nela.

Então Jule se virou e disse "Sim".

Stonehenge estava fechado.

E não parava de chover.

Para ver as pedras, era preciso comprar ingresso antecipado. Jule e Paolo não conseguiram ver nada de dentro do centro de visitantes.

— Prometi um mistério secular, mas tudo o que temos é um estacionamento — Paolo disse, meio triste, meio brincando, enquanto voltavam para o carro. — Devia ter pesquisado antes.

— Não tem problema.

— Sei como a internet funciona.

— Ah, não se preocupe. Estou mais animada com os carneirinhos mesmo.

Ele sorriu.

— Sério?

— É claro. Você garante que vai ter carneirinhos?

— Está falando sério? Porque acho que não posso garantir isso, e não quero decepcionar você de novo.

— Não. Nem ligo pros carneiros.

Paolo sacudiu a cabeça.

— Eu devia saber. Carneirinhos não são Stonehenge. Temos que encarar esse fato. Mesmo o melhor carneiro nunca vai ser Stonehenge.

— Vamos comer bala — ela disse para animá-lo.

— Isso — disse Paolo. — É o plano perfeito.

A casa não era uma *casa*. Era uma mansão. Um lugar enorme, construído no século XIX. Tinha um terreno grande e entrada com portão que só se abria com um código — que Paolo sabia de cor. Ele digitou os números e entrou com o carro.

As paredes de tijolo eram cobertas de hera. De um lado havia um jardim com roseiras e bancos de pedra, terminando em um gazebo redondo e em um riacho.

Paolo enfiou a mão nos bolsos.

— Estou com a chave em algum lugar.

Caía uma chuva forte. Os dois ficaram parados na entrada ao lado das malas.

— Droga, onde coloquei? — Ele olhou nos bolsos da jaqueta, na calça, na jaqueta de novo. — Chave, chave. — Olhou dentro da sacola. Na mochila. Correu para ver no carro.

Sentou na porta, abrigado da chuva, e esvaziou os bolsos. Depois esvaziou a sacola de pano. E a mochila.

— Você não está com a chave — Jule disse.

— Eu não estou com a chave.

Ele era um trapaceiro, um vigarista. Não era Paolo Vallarta-Bellstone. Que prova Jule tinha? Não havia visto nenhuma identidade, nenhuma foto na internet. Apenas o que ele havia dito, seu jeito, seu conhecimento a respeito da família de Imogen.

— Você é mesmo amigo dos donos dessa casa? — ela perguntou, mantendo a voz baixa.

— É a casa de campo da família do meu amigo Nigel. Ele

me recebeu no verão, e ninguém ia usar esses dias, e... eu sabia o código do portão, não sabia?

— Não estou duvidando de você — ela mentiu.

— Podemos dar a volta e ver se a porta da cozinha está aberta. Tem uma horta, desde... desde que as hortas foram inventadas — Paolo afirmou. — Acho que o termo técnico é *trocentos anos atrás*.

Eles protegeram a cabeça com as jaquetas e correram na chuva, pisando em poças de água e rindo.

Paolo girou a maçaneta da porta da cozinha. Estava trancada. Ele saiu andando, olhando debaixo de algumas pedras em busca de uma chave extra, enquanto Jule se encolhia embaixo do guarda-chuva.

Ela pegou o celular e procurou o nome dele na internet, em busca de imagens.

Ufa. Ele *realmente* era Paolo Vallarta-Bellstone. Havia fotografias dele com os pais em eventos beneficentes, usando roupas despojadas ao lado de homens de terno. Imagens com outros caras em um campo de futebol. Uma foto da formatura do colégio em que estava com aparelho nos dentes e um corte de cabelo ridículo, publicada pela avó em um blog com apenas três postagens.

Jule estava feliz por ele ser Paolo, e não um vigarista qualquer. Gostava de quem ele era. Era melhor que fosse verdadeiro, porque ela poderia acreditar nele. Mas havia muito de Paolo que Jule nunca saberia. Muita história que ele nunca chegaria a contar a ela.

Paolo desistiu de caçar as chaves. Seus cabelos estavam ensopados.

— Tem alarme nas janelas — ele disse. — Acho que não tem jeito.

— O que vamos fazer?

— É melhor a gente ir pro gazebo e se curtir um pouquinho — ele disse.

A chuva não deu trégua.

Eles fizeram o trajeto de volta para Londres com as roupas úmidas e pararam em um bar para comer.

Paolo estacionou em frente ao prédio de Jule. Não a beijou, mas esticou o braço para pegar na mão dela.

— Gosto de você — ele disse. — Acho que... que já deixei isso claro. Mas achei melhor dizer.

Ela também gostava de Paolo. Gostava de quem era com ele.

Mas não era ela mesma com ele. Não sabia do que ou nem mesmo de quem Paolo gostava.

Podia ser Immie. Podia ser Jule.

Não tinha mais certeza de onde traçar a linha entre elas. Jule usava perfume de jasmim como Imogen, falava como Imogen, amava os livros que Imogen amava. Aquelas coisas eram verdadeiras. Jule era órfã como Immie, uma pessoa que se inventou sozinha, com um passado misterioso. Havia tanto de Imogen em Jule, e tanto de Jule em Imogen.

Mas Paolo achava que Patti e Gil eram seus pais. Ele achava que ela tinha feito faculdade com a coitada da Brooke Lannon. Achava que ela era judia, rica e dona de um apartamento em Londres. Aquelas mentiras eram parte do que ele gostava. Era impossível contar a verdade, e mesmo que ela contasse, ele ia odiá-la por ter mentido.

— Não posso sair com você — ela disse.

— O quê?

— Não posso sair com você. Assim. De jeito nenhum.

— Por que não?

— Simplesmente não posso.

— Tem outra pessoa? Está saindo com alguém? Posso pegar uma senha, entrar na fila, qualquer coisa assim.

— Não. Sim. Não.

— Como assim? Posso fazer você mudar de ideia?

— Não estou disponível. — Ela podia ter dito a ele que existia outra pessoa, mas não quis mentir ainda mais.

— Por que não?

Ela abriu a porta do carro.

— Não tenho coração.

— Espere.

— Não.

— Por favor, espere.

— Preciso ir.

— Você não se divertiu? Bom, tirando a chuva, o fato de não termos conseguido entrar em Stonehenge ou na casa de campo nem termos visto carneirinhos... E tirando o fato desse dia ter sido um desastre atrás do outro...

Jule queria ficar no carro. Tocar os lábios dele com a ponta dos dedos, entrar de vez no papel de Immie e deixar as mentiras se acumularem.

Mas não podia.

— Me deixa em paz, Paolo — ela rebateu. Então abriu a porta do carro e saiu no aguaceiro.

Algumas semanas se passaram. Jule manteve as sobrancelhas finas. Comprou roupas e mais roupas, peças lindas e caras. Comprou livros de receita, embora nunca os usasse. Foi ao balé, à ópera, ao teatro. Viu todas as coisas, lugares históricos, museus e edifícios famosos. Comprou antiguidades na Portobello Road.

Uma noite, bem tarde, Forrest apareceu no apartamento. Ele deveria estar nos Estados Unidos.

Jule conteve o pânico enquanto espiava pelo olho mágico. Queria abrir a janela e subir pelo cano até o telhado, saltar para o prédio ao lado, simplesmente sumir. Queria mudar as sobrancelhas, os cabelos, a maquiagem e…

Ele tocou a campainha de novo. Jule se concentrou em tirar os anéis e vestir uma calça de moletom e uma camiseta no lugar do vestido longo que estava usando. Ficou na frente da porta e lembrou a si mesma de que sempre soubera que Forrest poderia aparecer. O apartamento era de Immie. Ela tinha uma estratégia. Podia lidar com ele. Abriu a porta.

— Forrest. Que surpresa.

— Jule.

— Você parece cansado. Está tudo bem? Entre.

Ele segurava uma mala de viagem. Ela a pegou da mão dele e levou para dentro do apartamento.

— Acabei de sair de um avião — ele respondeu, passando a mão no queixo e apertando os olhos atrás dos óculos.

— Você veio de táxi de Heathrow?

— Sim. — Ele olhou para ela com frieza. — Por que *você* está aqui? No apartamento da Imogen?

— Estou passando um tempo aqui. Ela me deu as chaves.

— Onde ela está?

— Imogen não voltou ontem à noite. Como você encontrou o apartamento?

— A mãe dela me deu o endereço. — Forrest ficou olhando para o chão. — Foi um longo voo. Posso tomar um copo de água?

Jule o acompanhou até a cozinha. Deu a ele um copo de água da torneira, sem gelo. Ela tinha limões em uma fruteira sobre o balcão, porque faziam parte da ideia que tinha de como o apartamento deveria ser, mas dentro dos armários e na geladeira não havia nada que Imogen compraria. Jule comia bolachas salgadas, manteiga de amendoim, salame e chocolate. Esperava que Forrest não pedisse comida.

— Onde Immie está mesmo? — ele perguntou.

— Ela não está aqui.

Ele agarrou o braço de Jule, e por um instante ela ficou com medo dele, com medo de suas mãos firmes pressionando o tecido da blusa, por mais magro e fraco que ele fosse.

— Eu sei, mas se ela não está aqui, onde está? — ele perguntou devagar. Jule odiou a sensação da proximidade do corpo dele.

— Não toque em mim, porra — ela disse. — Nunca. Entendeu?

Forrest soltou o braço dela e foi até a sala, onde se jogou no sofá sem ter sido convidado.

— Acho que você sabe onde ela está. Só isso.

— Deve ter ido passar o fim de semana em Paris. Dá pra ir bem rápido pelo Eurotúnel.

— Paris?

— É um chute.

— Immie te pediu pra não me contar pra onde ela foi?

— Não. Nem sabia que você vinha.

Forrest voltou a se afundar no assento.

— Preciso encontrar com ela. Mandei uma mensagem, mas acho que ela me bloqueou.

— Immie tem um número novo, aqui da Inglaterra.

— Ela também não responde meus e-mails. Por isso resolvi vir. Queria falar com ela.

Jule preparou um chá para eles enquanto Forrest telefonava para alguns hotéis. Teve que fazer doze ligações até encontrar um com vaga para algumas noites.

Ele tinha sido arrogante o bastante para achar que Imogen ia deixá-lo ficar.

13

MEADOS DE DEZEMBRO, 2016

SAN FRANCISCO, CALIFÓRNIA

Dois dias antes de chegar em Londres, Jule se arrastava em uma ladeira de San Francisco, com uma estátua pesada de um leão na mochila.

Estava adorando a cidade. Era como Immie havia dito que seria, envolvente e cheia de subidas e descidas, efusiva e elegante. Hoje ela tinha ido ver a exposição de cerâmica no Museu de Arte Asiática, que a dona do apartamento onde estava hospedada, Maddie Chung, havia recomendado.

A mulher tinha cinquenta e poucos anos, era esguia e lésbica. Usava jeans, fumava na varanda e era dona de uma pequena livraria. Jule pagou em dinheiro para passar uma semana no último andar de um predinho em estilo vitoriano. Maddie e a esposa moravam nos dois primeiros. Ela falava o tempo todo sobre história da arte e exposições em galerias. Era muito gentil e parecia perceber que Jule precisava de atenção.

Quando ela chegou em casa, Brooke Lannon, uma amiga de Immie da Vassar, estava sentada nos degraus.

— Cheguei cedo — ela disse.

Seu conversível havia passado a noite estacionado ali na frente. Ela tinha ido buscá-lo, mas Jule havia mandado uma mensagem pedindo que ficasse para conversar.

Brooke tinha coxas grossas, queixo quadrado e cabelos loiros e escorridos que estavam sempre iguais. Pele branca e estilo de esportista. Passava batom nude. Havia crescido em La Jolla. Bebia demais, jogava hóquei no gramado do colégio, e teve vários namorados (e uma namorada), mas nunca amou de verdade. Jule ficou sabendo todos esses detalhes sobre ela em Martha's Vineyard.

Brooke quase perdeu o equilíbrio quando levantou.

— Você está bem? — Jule perguntou.

— Não muito.

— Andou bebendo?

— Sim — Brooke respondeu. — Qual o problema?

Estava escurecendo.

— Vamos dar uma volta de carro — disse Jule. — Podemos conversar.

— No carro?

— Vai ser legal. Adoro seu carro. Me passa a chave. — Era o tipo de veículo que homens mais velhos compram para se convencer de que ainda são atraentes. Os bancos eram cor de caramelo e a carroceria era curva e verde-clara. Jule ficou se perguntando se era do pai de Brooke. — Você não pode dirigir se estava bebendo.

— Você é da polícia, por acaso?

— Não mesmo.

— É espiã?

— Brooke.

— Sério. É?

— Não posso responder.

— Rá! Exatamente o que uma espiã diria.

Não importava mais o que Jule dizia ou não para Brooke.

— Vamos fazer uma trilha — disse Jule. — Tem uma legal no parque. A gente pode atravessar a Golden Gate de carro. A vista vai ser incrível.

Brooke sacudiu as chaves do carro no bolso.

— Já está meio tarde.

— Olha — Jule disse. — Tivemos um mal-entendido sobre Immie, e estou feliz de você ter vindo. Vamos para um lugar tranquilo esclarecer tudo. Meu apartamento não é o melhor lugar.

— Não sei se quero conversar com você.

— Você chegou mais cedo — disse Jule. — Quer conversar comigo.

— Certo, vamos conversar, dar um abraço e tudo mais — disse Brooke. — A Immie vai ficar feliz. — Ela entregou a chave.

As pessoas fazem coisas idiotas quando bebem.

Era quase véspera de Natal e o clima estava frio demais para o conversível, mas Brooke fez questão de manter a capota do carro abaixada mesmo assim. Jule vestia jeans, botas e um suéter grosso de lã. A mochila tinha ficado no porta-malas, e dentro dela estava sua carteira, um suéter, uma camiseta limpa, uma garrafa de água, um pacote de lenços umedecidos, um saco de lixo e a estátua de leão.

Brooke tirou uma garrafa de vodca pela metade da bolsa, mas não chegou a beber. Caiu no sono quase de imediato.

Jule atravessou a cidade. Quando chegaram à Golden Gate, estava inquieta. O trajeto silencioso era enervante. Ela cutucou Brooke com o cotovelo para acordá-la.

— A ponte — ela disse. — Olhe. — Ela se agigantava sobre as duas, laranja e majestosa.

— As pessoas adoram se jogar daqui — Brooke disse com a voz pastosa.

— Quê?

— É a segunda ponte mais popular para suicídios do mundo — disse Brooke. — Li em algum lugar.

— E qual é a primeira?

— Uma ponte sobre o rio Yangtzé. Esqueci o nome. Leio muito sobre essas coisas — afirmou Brooke. — As pessoas acham que é poético pular de uma ponte, por isso fazem essas coisas. Enquanto, tipo, se matar sangrando em uma banheira só faz bagunça. Qual é o traje ideal para fazer isso?

— Nada.

— Como você sabe?

— Só sei. — Jule preferia não ter dado corda para Brooke.

— Não quero que as pessoas me vejam pelada! — gritou Brooke para o ar sobre a Golden Gate. — Mas também não quero usar roupa dentro da banheira! É muito estranho!

Jule a ignorou.

— De qualquer modo, agora estão construindo uma barreira para as pessoas não pularem. Aqui, digo.

Elas saíram da ponte em silêncio e seguiram na direção do parque.

Depois de um tempo, Brooke acrescentou:

— Eu não devia ter tocado nesse assunto. Não quero te dar ideias.

— Não vou ter ideias.

— Não se mate — disse Brooke.

— Não vou me matar.

— Estou falando como amiga agora. Tem algo em você que não é normal.

Jule não respondeu.

— Cresci com pessoas muito normais e estáveis — Brooke continuou. — A gente agia com normalidade o tempo todo na minha família. Tanto que dava vontade de arrancar os olhos. Então sou, tipo, especialista. E *você*? Não é normal. Devia pensar em procurar ajuda para se tratar, é o que queria dizer.

— Você acha que normal é ter uma porrada de dinheiro.

— Não, não acho. A vaca da Vivian Abromowitz é bolsista integral na Vassar e é normal.

— Você acha que normal é conseguir o que se quer o tempo todo — disse Jule. — Ter tudo de mão beijada. Mas não é. A maioria das pessoas não consegue o que quer, tipo, *nunca*. Elas não vivem na terra mágica de conversíveis, dentes perfeitos, viagens à Itália e casacos de pele de vocês.

— Pronto — disse Brooke. — Você confirmou o que eu estava dizendo.

— Como?

— Não é normal dizer esse tipo de coisa. Você voltou para a vida de Immie depois de ficar afastada durante anos, e em uma questão de dias mudou para a casa dela, está pegando as coisas dela emprestadas, nadando na piscina e deixando que ela pague seu cabeleireiro. Você entrou em Stanford e, coitadinha, perdeu sua bolsa de estudos, mas não se considere uma espécie de voz dos oprimidos. Ninguém está fechando nenhuma porta pra você, Jule. Além disso, ninguém usa casaco de pele por uma questão de ética. Bom, talvez a avó de alguém use, mas não uma pessoa *normal.* E eu nunca falei porra nenhuma sobre seus dentes. Que saco. Você precisa aprender a relaxar e agir como um ser humano se quiser ter algum amigo de verdade, e não apenas pessoas que te toleram.

Nenhuma das duas abriu a boca pelo resto do trajeto.

Elas estacionaram e Jule pegou a mochila. Tirou as luvas do bolso da calça e as vestiu.

— Vamos deixar os celulares no porta-malas — ela disse.

Brooke ficou olhando para ela por um longo minuto.

— Combinado. Vamos mergulhar na natureza — ela disse, com a fala arrastada. Elas fecharam o carro e Jule colocou a chave no bolso. Olharam para a placa no limite do estacionamento. As trilhas estavam marcadas em várias cores.

— Vamos fazer a trilha de observação — Jule disse, apontando para a trilha marcada em azul. — Já fiz uma vez.

— Tanto faz — respondeu Brooke.

Era uma caminhada de seis quilômetros e meio, ida e volta. O parque estava quase vazio devido ao frio e à proximidade do Natal, apenas algumas famílias indo embora com o fim do dia. Crianças cansadas choramingavam no colo dos pais. Quando Brooke e Jule começaram a subir a encosta, o caminho estava vazio.

Jule sentiu os batimentos cardíacos acelerarem. Ela mostrou o caminho.

— Você tem um lance com Imogen — disse Brooke, rompendo o silêncio. — Não pense que isso te torna especial. *Todo mundo* tem um lance com Imogen.

— Ela é minha melhor amiga. É diferente de ter um lance — disse Jule.

— Ela não é melhor amiga de ninguém. É uma destruidora de corações.

— Não fale mal dela. Você só está brava porque ela não tem falado com você.

— Ela falou comigo, sim. Essa não é a questão — explicou Brooke. — Escuta. Quando ficamos amigas no primeiro ano, Immie não saía do meu dormitório. Levava café com leite antes da aula, me arrastava pra ver filmes no Departamento de Cinema, pedia brincos emprestados, me trazia bolachas salgadas porque sabia que eu gostava...

Jule não disse nada.

Immie a havia arrastado para ver filmes. Immie comprava chocolate para ela. Immie lhe levava café na cama quando moravam juntas.

Brooke continuou:

— Ela passava em casa todas as terças e quintas porque tínhamos aula de italiano bem cedo. No começo, eu nem estava acordada. Ela tinha que esperar eu me vestir. Minha colega de quarto reclamava porque Immie chegava cedo demais, então comecei a programar o alarme do celular. Eu levantava e a esperava do lado de fora. Até que um dia ela não apareceu. Acho que era início de novembro. E sabe o que aconteceu? Ela não apareceu nunca mais. Não trazia café com leite nem me arrastava pra ver filmes. Tinha me trocado por Vivian Abromowitz. E, bom, eu podia ter reagido como uma criança, Jule. Podia ter ficado ofendida, me sentido uma coitada porque, afinal, não é possível alguém ter duas melhores amigas e o cacete. Mas não fiz isso. Fui legal com as duas. Todas ficamos amigas. E tudo bem.

— Certo.

Jule odiou aquela história. Odiou também o fato de não ter entendido antes que a própria Imogen era o motivo de Vivian e Brooke não se gostarem.

Brooke continuou:

— Só que Imogen também partiu o coraçãozinho da Vivian. Um pouco depois. E de Isaac Tupperman. Ela ficou dando trela para vários caras enquanto saía com ele, e é claro que o garoto ficou inseguro e cheio de ciúmes. Immie ainda ficou surpresa quando ele decidiu terminar com ela. Mas o que esperava se ficava se agarrando com outros caras? Ela queria testar as pessoas, ver se perderiam a paciência, se ficariam obcecadas por ela. E foi exatamente o que aconteceu com você, e com várias pessoas na faculdade. É disso que Imogen gosta, porque faz ela se sentir incrível e sexy, mas acaba com qualquer amizade. Outro modo de lidar com isso é provar que se é uma pessoa superior. Imogen sabe que você é tão forte quanto ela, talvez até mais. Então ela te respeita e vocês combinam.

Jule ficou em silêncio. Aquela era uma nova versão da história de Isaac Tupperman, Isaac do Bronx, Coates e Morrison, os poemas deixados sobre a bicicleta, a possível gravidez. Immie não o admirava? Ela havia se apaixonado cegamente e se desiludido, mas só depois que ele terminou com ela. Não parecia possível que o tivesse traído.

Então, de repente, pareceu, sim, completamente possível. Pareceu óbvio para Jule que Imogen — que havia se sentido superficial e inferior em comparação ao intelecto e à masculinidade de Tupperman — tivesse agido dessa forma para se sentir mais forte e mais poderosa do que ele.

Elas continuaram caminhando no bosque. O sol começou a se pôr.

Não havia mais ninguém na trilha.

— Você quer ser como a Immie, então seja como ela. Tudo bem — Brooke afirmou. Elas chegaram a uma passarela sobre um barranco. Levava a alguns degraus de madeira de um mirante com vista para o vale e as colinas. — Mas você não é *ela*, entendeu?

— Eu sei que não sou.

— Não tenho certeza disso — afirmou Brooke.

— Nem é da sua conta.

— Talvez eu queira que seja. Talvez eu ache que você é instável e que seria melhor se afastar de Immie e procurar ajuda para seus problemas mentais.

— Me diz uma coisa. Por que estamos aqui? — perguntou Jule. Ela parou nos degraus acima de Brooke.

Embaixo havia um barranco.

O sol já estava desaparecendo.

— Eu perguntei por que estamos aqui — Jule insistiu. Ela disse isso rapidamente, tirando a mochila do ombro e abrindo o zíper como se fosse pegar a garrafa de água.

— Viemos conversar, como você disse. Quero que você pare de ferrar com a vida de Immie, vivendo do dinheiro dela, fazendo com que ignore os amigos e tudo mais.

— Eu perguntei por que estamos aqui — disse Jule, debruçada sobre a mochila.

Brooke deu de ombros.

— Neste lugar? Neste parque? Você trouxe a gente aqui.

— Exato.

Jule levantou a sacola que continha a estátua de leão do Museu de Arte Asiática. Balançou uma vez, com força, descendo com tudo sobre a testa de Brooke. O estalo foi terrível.

A estátua não quebrou.

A cabeça de Brooke foi para trás. Ela tropeçou.

Jule avançou e a acertou novamente, dessa vez pela lateral. Jorrou sangue da cabeça de Brooke, que respingou no rosto de Jule.

Brooke caiu sobre a grade, agarrando-se nas barras de madeira.

Jule largou a estátua e se aproximou lentamente de Brooke. Agarrou seus joelhos. Brooke chutou o ombro de Jule, tateando para tentar se segurar na grade. Ela deu outro chute, fazendo o ombro de Jule estalar, deslocando-se dolorosamente.

Merda.

A visão de Jule embaçou por um minuto. Ela não conseguiu segurar Brooke. Com o braço esquerdo inutilizado, enfiou o direito sob os antebraços de Brooke, fazendo-a soltar da grade. Depois se inclinou e abaixou novamente. Pegou as pernas da garota, que tocavam o chão, colocou o ombro bom sob o corpo dela, levantou-o e passou sobre a grade.

Tudo ficou silencioso.

Os cabelos loiros e sedosos de Brooke mergulharam.

Houve um estalo seco quando seu corpo atingiu a copa das árvores e outro quando caiu no fundo do barranco rochoso.

Jule se apoiou na grade. O corpo estava invisível sob a vegetação.

Ela olhou em volta. Não havia ninguém na trilha.

Seu ombro estava deslocado. Doía tanto que ela não conseguia pensar direito.

Jule não estava contando com um ferimento. Se não pudesse movimentar o braço deslocado, seu plano daria errado, porque Brooke estava morta e seu sangue estava por todo lado. Ela tinha que trocar de roupa. Imediatamente.

Forçou-se a estabilizar a respiração. Obrigou seus olhos a focarem.

Segurando o pulso esquerdo com a mão direita, ergueu o braço esquerdo com um movimento em forma de *J*, puxando-o para longe do corpo. Uma vez, duas. Minha nossa, como doía. Na terceira tentativa, o ombro voltou para o lugar.

A dor desapareceu.

Tinha visto um cara fazer isso uma vez em uma academia de artes marciais e perguntado a ele sobre a manobra.

Ela tirou o suéter sujo de sangue. A camisa que vestia por baixo também estava molhada. Arrancou-a e usou-a para limpar as mãos e o rosto. Tirou as luvas. Pegou os lenços umedecidos na mochila e se limpou — tórax, braços, pescoço, mãos —, tremendo com o ar do inverno. Enfiou as roupas ensanguentadas e os lenços no saco de lixo, amarrou bem, e colocou tudo dentro da mochila.

Vestiu uma camisa e um suéter limpos.

Havia sangue na sacola que guardava a estátua.

Jule a virou do avesso para que o sangue ficasse do lado de dentro. Colocou a estátua na mochila e enfiou a sacola suja dentro da grande garrafa de água.

Usou os lenços para limpar manchas de sangue na passarela, então também os enfiou dentro da garrafa de água.

Olhou em volta.

A trilha estava vazia.

Tocou o ombro com cuidado. Estava tudo bem. Limpou o rosto, as orelhas e os cabelos mais quatro vezes com os lenços umedecidos, lamentando não ter lembrado de comprar um espelho compacto. Olhou sobre a beirada da passarela para o barranco.

Não dava para ver Brooke.

Ela voltou pela trilha. Sentiu que era capaz de andar para sempre e nunca se cansar. Não viu ninguém pelo caminho até se aproximar da entrada, onde passou por três caras atléticos com gorros de Papai Noel e lanternas na mão, iniciando a trilha marcada em amarelo.

Chegando no carro, fez uma pausa.

Ele tinha que ficar ali. Se ela o levasse para qualquer outro lugar, não faria sentido quando as pessoas encontrassem o corpo de Brooke no barranco.

Entrou com cuidado. Pegou os lenços e começou a limpar o freio de mão. Depois parou.

Não, não. O plano não era esse. Por que não pensou em tudo antes? Seria pior se não tivesse impressão digital nenhuma no carro. As impressões de Brooke *tinham* que estar lá. Todos achariam estranho, agora que o freio de mão estava limpo.

Pense. Pense. A garrafa de vodca estava no chão do banco do passageiro. Jule a pegou com um lenço e abriu. Jogou um pouco de vodca no freio, como se tivesse sido derramada acidentalmente. Talvez aquilo tornasse mais plausível a ausência de impressões digitais no local. Ela não fazia ideia se investigadores de cena de crime procuravam esse tipo de coisa. Não sabia o que eles procuravam, na verdade.

Droga.

Ela saiu do carro. Obrigou-se a raciocinar. Suas impressões digitais não estavam no sistema, ela não tinha ficha criminal. A polícia *seria* capaz de dizer que alguma outra pessoa estava dirigindo o carro, se investigasse — mas não saberia que era Jule.

Não havia evidências de que alguém chamado Jule West Williams vivia ou estava de passagem por San Francisco.

Ela abriu o porta-malas, pegou seu celular e o de Brooke. Depois, ainda tremendo, trancou o carro e saiu.

A noite estava fria. Jule andava rápido para se aquecer. Depois de se afastar um quilômetro e meio do parque, já estava se sentindo mais calma. Deixou a garrafa de água em uma lata de lixo na beira da estrada. Mais adiante, jogou o saco de lixo com as roupas ensanguentadas no fundo de uma caçamba.

Continuou caminhando.

A Golden Gate estava acesa, em contraste com o céu noturno. Jule parecia pequena diante dela, sentindo como se um holofote a iluminasse. Atirou as chaves do carro de Brooke e seu celular na água.

Sua vida era cinematográfica. Ela brilhava sob a luz dos postes. Depois da briga, suas bochechas estavam coradas. Hematomas se formavam sob suas roupas, mas seu cabelo estava incrível. E suas roupas vestiam superbem. Sim, era verdade que ela era violenta. Até mesmo brutal. Mas esse era seu trabalho, e ela era qualificada de uma maneira única, e isso a tornava sexy.

Havia uma lua crescente no céu, e o vento era cortante. Jule respirou fundo e expirou o glamour, a dor e a beleza da vida da heroína de ação.

De volta ao apartamento, tirou a estátua de leão da mochila e jogou água sanitária sobre ela. Depois a colocou embaixo do chuveiro, secou e colocou na prateleira.

Imogen teria gostado daquela estátua. Ela amava felinos.

Jule comprou uma passagem de avião para Londres que saía de Portland, Oregon, com o nome de Imogen. Depois pegou um táxi para a rodoviária.

Ao chegar, se deu conta de que havia acabado de perder o ônibus das nove da noite. O próximo só saía às sete.

Quando Jule se acomodou para esperar, a onda de adrenalina foi se dissipando. Ela comprou três pacotes de M&Ms de amendoim em uma máquina e sentou sobre as malas. De repente, sentiu medo e exaustão.

Havia poucas pessoas no local, todas usando a rodoviária como abrigo noturno. Jule ficou chupando os M&Ms para que durassem mais. Tentou ler, mas não conseguia se concentrar. Depois de vinte e cinco minutos, um bêbado que dormia em um banco acordou e começou a cantar em voz alta:

Que Deus afaste o desalento
e traga alegria.
Lembremos Cristo, o salvador,
que nasceu neste dia.
Para nos livrar de Satanás,
que do bem nos desvia.

Jule sabia que ela havia se desviado pra cacete do bem. Tinha matado uma garota idiota e fofoqueira com uma premeditação brutal. Nunca haveria um salvador que pudesse resgatá-la daquilo. Nunca tinha havido um salvador para ela.

Era isso. Não tinha mais volta. Estava sozinha em uma rodoviária congelante, no dia 23 de dezembro, ouvindo um bêbado cantar e raspando restos do sangue de alguém das unhas com a ponta da passagem de ônibus. Outras pessoas, pessoas de bem, estavam assando biscoitos de gengibre, chupando balinhas de hortelã e embrulhando presentes. Estavam conversando, decorando a casa, lavando os pratos depois do jantar, meio bêbados devido ao vinho, ou assistindo a filmes antigos com mensagens morais.

Jule estava ali. Ela merecia o frio, a solidão, os bêbados e o lixo, milhares de punições e torturas ainda piores.

O mostrador do relógio zerou. A meia-noite trouxe, oficialmente, a véspera de Natal. Ela comprou chocolate quente em uma máquina.

Bebeu e se sentiu aquecida. Tentou não entrar em desespero. Afinal, era corajosa, inteligente e forte. Havia executado uma proeza com eficiência verossímil. Até mesmo com estilo. Tinha cometido um assassinato com uma maldita estátua em um belo parque estadual sobre um barranco gigantesco e deslumbrante. Não houve uma única testemunha. Ela não deixara um pingo de sangue para trás.

Havia matado Brooke em legítima defesa.

As pessoas precisavam se proteger. Era da natureza humana, e Jule tinha passado anos treinando para se tornar especialmente boa nisso. Os acontecimentos daquele dia eram prova de que ela era ainda mais capaz do que imaginava. Era fenomenal, na verdade — uma mutante guerreira, uma supercriatura. Wolverine não parava para lamentar a morte das pessoas perfuradas por suas garras. Ele matava gente o tempo todo em legítima defesa, ou em nome de uma causa válida. O mesmo acontecia com Bourne, Bond, e todos os outros. Heróis não queriam biscoitinhos de gengibre, presentes ou balas de hortelã. Jule também não deveria querer. Não eram coisas que ela já havia tido. Não havia por que lamentar.

Que Deus afaste o desalento
e traga alegria...

O bêbado recomeçava a cantoria.

— Ou você cala essa boca agora ou vou até aí te obrigar! — Jule gritou.

Ele parou.

Ela tomou o resto do chocolate quente. Não pensaria sobre ter se desviado. Não ia se sentir culpada. Seguiria o caminho da heroína de ação e pronto.

Jule West Williams passou o dia 24 de dezembro em uma viagem de ônibus de dezenove horas e acordou no dia de Natal em um hotel perto do aeroporto em Portland, Oregon. Às onze, pegou uma van até o aeroporto e despachou as malas no voo noturno para Londres, na classe executiva. Comeu um hambúrguer na praça de alimentação. Comprou livros e passou um perfume qualquer no free shop.

12

MEADOS DE DEZEMBRO, 2016
SAN FRANCISCO

No dia anterior à trilha, Jule recebeu uma ligação de Brooke.

— Onde você está? — Brooke vociferou sem nem dizer "oi". — Viu a Immie?

— Não. — Jule tinha acabado de se exercitar. Sentou em um banco em frente à academia em Haight-Ashbury.

— Mandei trocentas mensagens, mas ela não responde — disse Brooke. — Ela excluiu as conta do Snapchat e do Insta. Estou ficando irritada. Achei melhor ligar pra ver se você sabe de alguma coisa.

— Immie não responde ninguém — disse Jule.

— Onde você está?

Não tinha por que mentir.

— San Francisco.

— Você está aqui?

— Espera, *você* está aqui? — La Jolla, onde Brooke deveria estar, ficava a umas oito horas de distância.

— Uns amigos do colégio fazem faculdade aqui em San Francisco, vim visitar. Mas todos estão trabalhando ou estudando pras provas. Eu ia encontrar Chip Lupton hoje mais cedo, mas o babaca furou comigo. Mandou uma mensagem quando eu já estava esperando, no meio de um corredor cheio de cobras mortas.

— Cobras mortas?

— Argh — Brooke gemeu. — Estou na Academia de Ciências. O imbecil disse que queria ver uma exposição de répteis. Estou louca pra transar com ele, então concordei. Immie está em San Francisco com você?

— Não.

— Quando é o Chanuká? Ela vai passar em casa?

— Já é Chanuká. Ela não pretendia voltar, não. Talvez tenha ido para Mumbai. Não tenho certeza.

— Certo. Então venha até aqui, já que está na cidade.

— Ver as cobras?

— É. Estou entediada. Você está muito longe?

— Eu tenho...

— Não me diga que tem coisa para fazer. Vamos continuar mandando mensagens e forçar Immie a responder. O celular dela funciona em Mumbai? Podemos mandar e-mails. Vem me encontrar na exposição — disse Brooke. — Você tem que agendar antes. Vou mandar o número por mensagem.

Jule queria ver *tudo*. Ainda não tinha ido à Academia de Ciências. Além disso, queria saber se Brooke tinha notícias da vida de Imogen depois de Martha's Vineyard. Então pegou um táxi.

A Academia era um museu de história natural cheio de ossos de dinossauros e animais empalhados.

— Agendei uma visita para as duas horas — Jule disse ao homem na recepção.

— Documento, por favor.

Ela mostrou a carteirinha da Vassar e ele a deixou entrar.

— Temos mais de trezentos espécimes de animais de cento e sessenta e seis países — disse o homem. — Aproveite sua visita.

A coleção ocupava uma série de salas. O clima do lugar era meio de livraria, meio de depósito. Nas prateleiras havia vidros com animais conservados: cobras, lagartos, sapos e outros que Jule nem conseguia identificar. Todos estavam metodicamente classificados.

Sabia que Brooke a esperava, mas não mandou mensagem avisando que havia chegado. Em vez disso, caminhou devagar pelos corredores, tentando não fazer barulho.

Memorizou os nomes da maior parte das criaturas que viu. *Xenopus laevis*, rã-de-unhas-africana. *Crotalus cerastes*, cascavel-chifruda. *Crotalus ruber*, cascavel-diamante-vermelho. Registrou os nomes das víboras, salamandras, sapos raros e pequenas cobras nativas de ilhas distantes.

As cobras ficavam enroladas sobre si mesmas, suspensas em um líquido turvo. Jule encostou a mão em suas bocas venenosas, sentindo o medo correr pelo corpo.

Ela virou em um corredor e encontrou Brooke sentada no chão, encarando um robusto sapo amarelo.

— Você demorou uma eternidade — ela disse.

— As cobras me distraíram — disse Jule. — Parecem tão poderosas.

— Mas não são. Estão mortas — disse Brooke. — Estão enroladas em, tipo, compotas de vidro. Ninguém dá a mínima pra elas. Não seria deprimente se depois que você morresse seus parentes preservassem seu corpo em formol e guardassem num vidro gigante?

— Algumas são venenosas — disse Jule, ainda falando sobre as cobras. — Podem matar um animal até três vezes maior que elas. Não seria incrível ter uma arma dessas dentro de você?

— Elas são horrorosas — disse Brooke. — Não valeria a pena. Mas não importa. Estou cansada de répteis. Vamos tomar um café.

A lanchonete servia canecas de café superamargo e sorvete. Brooke disse para Jule pedir de baunilha e elas jogaram o café por cima.

— Isso tem um nome — disse Brooke —, mas não prestei atenção quando estava na Itália. Tomei em um restaurante pequeno em alguma praça. Minha mãe ficava tentando me contar a história do lugar, e meu pai dizia toda hora: "Vamos praticar seu italiano!". Mas minha irmã e eu estávamos de saco cheio. Passamos a viagem toda revirando os olhos, mas quando a comida chegava, e isso acontecia o tempo todo, a gente ficava encantada, não dava pra parar de comer. Você conhece a Itália? O macarrão é gostoso num nível que você nem entende, juro. Devia ser proibido. — Ela ergueu a tigela e tomou o resto do café que havia nela. — Vou voltar pra casa com você pra jantar — ela anunciou.

Ainda não tinham falado sobre Imogen, então Jule concordou.

Elas compraram linguiça, macarrão e molho vermelho. Brooke tinha uma garrafa de vinho no porta-malas. No apartamento, Jule guardou a pilha de correspondência de cabeça para baixo em uma gaveta e escondeu a carteira enquanto Brooke andava pelos cômodos.

— Que lugar legal. — Brooke passou a mão nas almofadas com estampa de ouriço e nos vidros com bolinhas de gude e pedrinhas. Observou a toalha de mesa estampada, os armários de cozinha vermelhos, as estatuetas decorativas e os livros que pertenceram ao último morador. Então abriu os armários à procura de uma panela, que encheu com água. — Você precisa de uma árvore de Natal — ela disse. — Espera, você é judia? Não é, né?

— Não sou nada.

— Todo mundo é alguma coisa.

— Não é, não.

— Não seja esquisita, Jule. Sou alemã por parte de mãe e irlandesa católica e cubana por parte de pai. Isso não significa que sou cristã, mas tenho que voltar pra passar a véspera de Natal em casa e fingir prestar atenção à Missa do Galo. O que você é?

— Não comemoro o Natal. — Jule preferiria que Brooke mudasse de assunto. Ela não tinha resposta. Não se apoiava em nenhuma mitologia além de sua história de origem de heroína.

— Isso é bem triste — disse Brooke, abrindo a garrafa de vinho. — Mas por onde anda a Immie?

— Ela veio pra cá comigo — disse Jule —, mas só ficou

uma semana. Disse que estava indo pra Paris. Depois me mandou uma mensagem dizendo que Paris era só mais uma cidade parecida com Nova York e que ia para Mumbai. Ou para o Cairo.

— Eu sei que não voltou para casa, porque a mãe dela me mandou outro e-mail — disse Brooke. — Ah, e sei que terminou com Forrest. Ela contou por mensagem que ele andava choramingando por aí e tinha ficado aliviada por se livrar dele, mas não contou a história inteira. Immie falou do empregado?

Era aquela a conversa que Jule queria ter, mas sabia que teria que ser cuidadosa.

— Mais ou menos. O que ela te disse?

— Ela me ligou um dia depois que fui embora de Martha's Vineyard e falou que era tudo culpa dela e que ia fugir para Porto Rico com você pra se recuperar — disse Brooke.

— Não fomos para Porto Rico — disse Jule. — Viemos para cá.

— Odeio esses segredinhos dela — disse Brooke. — Eu amo Immie, mas esse lance de ser toda desprendida e misteriosa é irritante.

Jule sentiu necessidade de defender Imogen.

— Ela tenta ser fiel a si mesma em vez de ficar agradando os outros o tempo todo.

— Bom, eu não me importaria se ela se esforçasse um pouquinho para agradar as pessoas — disse Brooke. — Na verdade, devia se esforçar *muito* mais.

Brooke foi até a televisão como se tivesse dito as palavras definitivas sobre o assunto. Zapeou um pouco até encontrar um filme antigo com Bette Davis que tinha acabado de começar.

— Vamos assistir isso — ela disse. Encheu a taça com um pouco mais de vinho.

Elas assistiram ao filme. Era em preto e branco. Todos usavam roupas maravilhosas e tratavam os outros de forma terrível. Depois de uma hora, ouviram uma batida na porta.

Era Maddie, a dona do apartamento.

— Preciso abrir a torneira da pia do seu banheiro e depois fechar de novo — ela disse. — O encanador está lá embaixo. Precisa descobrir qual é o problema.

— Pode ser mais tarde? — perguntou Jule.

— Ele está esperando — disse Maddie. — Vai levar só um minuto. Você nem vai notar que estou aqui.

Jule olhou para Brooke. Ela estava com os pés sobre a mesa de centro.

— Entre.

— Obrigada, você é demais. — Jule a acompanhou até o banheiro, onde ela mexeu nas torneiras. — Isso deve bastar — Maddie disse, dirigindo-se para a saída. — Vou falar com ele agora. Espero não precisar subir de novo.

— Obrigada — disse Jule.

— Eu que agradeço, Imogen. Desculpe te perturbar a essa hora.

Droga.

Droga.

Maddie saiu, fechando a porta.

Brooke desligou a TV. Ela estava com o celular na mão.

— O que ela disse?

— É hora de você ir para casa — disse Jule. — Você bebeu demais. Vou chamar um táxi.

Jule manteve um fluxo constante de conversa fiada até Brooke estar no carro, mas, assim que o táxi saiu, o celular de Immie tocou em seu bolso.

Brooke Lannon: Immie! onde vc tá?

BL: Jule disse Mumbai. Ou Cairo.

BL: É vdd?

BL: Vivian foi uma vaca comigo e não acredito nessa história sobre ela e Isaac. Bom, eu acredito, mas... que merda.

BL: Chip Lupton passou a mão no meu peito ontem à noite e hoje me deu um bolo. Então foda-se. Queria que vc estivesse aqui, só q está tudo tão chato q vc ia odiar.

BL: E a Jule disse que chama Imogen pra dona do apartamento onde ela tá.

BL: ????!!!!

Jule finalmente respondeu.

IS: Oi. Tô aqui.

BL: Oiii!!!

IS: Chip passou a mão no seu peito?

BL: Tive q falar isso pra vc me responder kkkk

BL: Bom, peitos são mto importantes.

Jule esperou um minuto e depois escreveu:

IS: Relaxa. Jule é minha amiga há anos.

IS: Arrumei um apartamento pra ela e assinei o contrato, então a dona acha que sou eu.

IS: Ela tá sem grana.

BL: Acho que tem alguma coisa estranha acontecendo. Sério, a Jule deixou a mulher chamar ela de IMOGEN.

IS: Tudo bem.

BL: Sei lá. Pode prejudicar seu crédito, e sei que você liga pra esse tipo de merda. Fora q é bizarro. Tipo roubo de identidade. Isso existe de vdd, não é só lenda urbana.

BL: E onde vc tá, afinal? Mumbai?

Jule não respondeu. Nada que ela pudesse dizer importava se Brooke estava determinada a causar problemas.

11

ÚLTIMA SEMANA DE SETEMBRO, 2016
SAN FRANCISCO

Doze semanas antes de Brooke aparecer para jantar, Jule pegou um voo de Porto Rico para San Francisco e se registrou no Sir Francis Drake Hotel, em Nob Hill. O lugar era cheio de veludo vermelho, lustres e enfeites rococó. O teto era entalhado. Jule usou o cartão de crédito de Imogen e sua foto da identidade. O atendente não estranhou nada e a chamou de srta. Sokoloff.

Jule pegou uma suíte no último andar. O quarto tinha poltronas de couro e uma cômoda com detalhes dourados. Ela começou a se sentir melhor assim que entrou ali.

Tomou um longo banho e lavou o suor da viagem e as lembranças de Porto Rico de sua pele. Esfregou a esponja com força e passou xampu duas vezes. Vestiu pijamas novos e dormiu até a dor que subia por seu pescoço finalmente desaparecer.

Jule passou uma semana naquele hotel. Sentiu como se estivesse dentro de um ovo. A casca dura e brilhante do hotel a protegeu quando mais precisava.

No fim da semana, viu um anúncio, enviou alguns e-mails e foi conhecer o apartamento de San Francisco. Maddie Chung lhe mostrou o lugar. O imóvel já estava mobiliado, mas não tinha os móveis simples que se espera encontrar em um apartamento alugado. Estava repleto de esculturas incomuns e belas coleções em potes de vidro: botões, bolinhas de gude, pedrinhas, exibidos em prateleiras para refletir a luz. A cozinha tinha armários vermelhos e piso de madeira. Havia louça de vidro e pesadas panelas de ferro fundido.

Ao entregar a chave, Maddie explicou que uma pessoa havia alugado o apartamento por mais de dez anos, um homem solteiro e sem família que tinha morrido.

— Não tínhamos quem avisar. Ninguém veio retirar as coisas dele — ela disse. — Ele tinha bom gosto e cuidou de tudo muito bem. Pensei em alugar o apartamento com toda a mobília. Assim as pessoas podem desfrutar dessas coisas. — Ela tocou em um vidro com bolinhas de gude. — Nenhum brechó beneficente se interessou.

— Por que ele não tinha ninguém? — Jule perguntou.

— Não sei. Devia ter a minha idade quando morreu. Câncer de garganta. Não achamos nenhum parente. Não tinha herança. Talvez ele tenha mudado de nome ou brigado com a família. Acontece. — Ela deu de ombros. Elas estavam na porta. — Você vai fazer mudança? — perguntou Maddie. — Estou perguntando porque gosto de estar em casa se a porta do prédio for ficar abrindo e fechando o dia todo, mas não seria problema.

Jule negou.

— Só tenho uma mala.

Maddie olhou para ela com gentileza e sorriu:

— Espero que se sinta em casa e seja feliz aqui, Imogen.

Oi, mãe e pai,

Saí de Martha's Vineyard há pouco mais de uma semana e agora estou viajando. Não sei direito para onde vou! Talvez para Mumbai, Paris ou Cairo.

A vida na ilha era pacífica e meio isolada do resto do mundo. Tudo acontecia num ritmo lento. Sinto muito por não ter entrado em contato. Só preciso entender quem eu sou sem escola, família ou qualquer outra coisa me definindo. Faz sentido?

Namorei um cara em Martha's Vineyard. O nome dele era Forrest. Mas terminamos, e agora quero ver o mundo.

Por favor, não se preocupem comigo. Vou viajar em segurança e me cuidar.

Vocês sempre foram pais maravilhosos. Penso em vocês todos os dias.

Com muito amor,

Imogen

Assim que ela configurou o wi-fi do apartamento de San Francisco, Jule mandou essa mensagem pela conta de Imogen.

Também escreveu para Forrest. Usou as palavras preferidas de Immie, seu jargão, seu jeito de se despedir, suas meias palavras e suas incertezas.

Oi, Forrest.

Não é fácil escrever este e-mail, mas preciso te contar uma coisa: não vou voltar. O aluguel está pago até o fim de setembro, então só peço que saia antes de 1º de outubro.

Não quero mais ver você. Estou indo embora. Já fui.

Mereço alguém que não me despreze. Admita, é o que você faz. Porque você é homem e eu sou mulher. Porque sou menor que você. Porque sou filha adotiva e, embora você não goste de dizer isso em voz alta, você dá valor ao sangue. Você se acha superior porque larguei a faculdade. E acha que escrever um livro é mais importante do que tudo o que eu faço ou quero fazer da minha vida.

A verdade, Forrest, é que sou eu quem tenho o poder. A casa era minha. O carro era meu. Eu pagava as contas. Sou adulta. E você não é nada além de um garotinho mimado e dependente, Forrest.

Bom, fui embora. E achei que você deveria saber o motivo.

Imogen

Forrest respondeu o e-mail. Parecia triste e arrependido. Bravo. Suplicante.

Jule não respondeu. Em vez disso, mandou uma mensagem para Brooke com duas imagens de gatinhos e uma frase curta.

IS: Terminei com Forrest. Ele deve estar se sentindo como esse gatinho listrado chorão.

IS: O gato laranja fofinho é como estou me sentindo. (Tô tão aliviada.)

Brooke respondeu.

BL: Vc teve notícias da Vivian?
BL: Ou de alguém da Vassar?
BL: Immie?
BL: Pq a Caitlin (Moon, não Clark) me contou que a Vivian está saindo com o Isaac.
BL: Mas não acredito em nada que ela fala.
BL: Então talvez não seja verdade.
BL: Só fiquei com vontade de vomitar.
BL: Espero que não esteja chateada.
BL: Mas eu tô.
BL: E tchauzinho, Forrest! Immie, você vai conseguir alguém mto melhor.
BL: Aff, La Jolla é tão entediante. Pq vc não me responde? Fala alguma coisa, sua chata!

Mais tarde, naquele mesmo dia, chegou um e-mail da própria Vivian, relatando que estava apaixonada por Isaac Tupperman e esperava que Imogen entendesse porque não era possível controlar o coração.

Nos dias que se seguiram, Jule se dedicou a viver da forma como achava que Immie viveria. Uma manhã, bateu na porta de Maddie Chung com um copo de café com leite que comprou na rua.

— Achei que você pudesse querer.

O rosto de Maddie se iluminou. Jule foi convidada para entrar e conhecer a esposa, de cabelos brancos e muito bem-arrumada, que estava saindo para "comandar uma grande empresa", nas palavras de Maddie. Jule perguntou se poderia conhecer a livraria, e a proprietária a levou até lá em seu Volvo.

O lugar era pequeno e desorganizado, mas confortável. Vendia livros novos e usados. Jule comprou dois romances vitorianos de escritores que não tinha certeza se Immie havia lido: Gaskell e Hardy. Maddie recomendou *Coração das trevas* e *O médico e o monstro*, além de um livro de um cara chamado Goffman, chamado *A representação do eu na vida cotidiana*. Jule os comprou também.

Em outros dias, ela foi a exposições que Maddie sugerira. Pensando em Imogen, diminuiu o ritmo e deixou a mente divagar.

Immie não teria prestado muita atenção em nenhum museu. Não teria tentado aprender história da arte nem memorizar datas.

Não, Immie teria andado preguiçosamente, permitindo que o espaço ditasse seu humor. Teria parado para apreciar a beleza, para existir sem esforço.

Havia tanto dela em Jule agora. Aquilo servia de consolo.

10

TERCEIRA SEMANA DE SETEMBRO, 2016

CULEBRA, PORTO RICO

Uma semana antes de se mudar para San Francisco, Jule estava bêbada pela primeira vez na vida em Culebra.

Culebra é um arquipélago perto da costa de Porto Rico. Na ilha principal, cavalos selvagens caminham pelas estradas. Hotéis caros ocupam as orlas, mas o centro da cidade não é muito turístico. É um lugar para fazer snorkel, conhecido por sua pequena comunidade de americanos expatriados.

Eram dez da noite. Jule já conhecia o bar. Tinha uma lateral aberta e ventiladores brancos imundos giravam nos cantos. Estava cheio de americanos, alguns eram turistas, mas muitos eram clientes regulares que residiam na ilha. O atendente não pediu para ver a identidade de Jule. Quase ninguém pedia documentos em Culebra.

Jule tinha pedido uma batida com licor de café. Um homem que ela já havia encontrado antes estava embriagado a alguns bancos de distância. Era branco, tinha barba e por volta de cinquenta e cinco anos. Usava uma camisa havaiana e tinha a testa queimada de sol. Falava com sotaque da Costa Oeste — ele havia dito a Jule mais cedo que era de Portland.

Ela não sabia o nome dele. Ao seu lado, estava uma mulher da mesma idade. Tinha cachos despenteados e grisalhos. A blusinha cor-de-rosa era decotada e não combinava com a saia estampada e as sandálias. Ela comia salgadinhos de uma tigela sobre o balcão.

A bebida de Jule chegou. Ela tomou de uma vez e pediu mais uma. O casal estava discutindo.

— Aquela vadia com um coração de ouro foi meu maior problema — disse a mulher com sotaque sulista. Talvez do Tennessee, talvez do Alabama. Simpático.

— Era só um filme — o homem respondeu.

— A namorada perfeita é uma puta que transa com você de graça. Nojento.

— Eu não sabia que seria assim — disse o homem. — Só percebi que você ficou incomodada quando estávamos chegando aqui. Manuel disse que o filme era bom. A gente assistiu; não tem nada de mais.

— Ele deprecia metade da população, Kenny.

— Não te obriguei a assistir. Além disso, talvez apresente uma visão positiva sobre a putaria — Kenny riu. — Quer dizer que não devemos achar ninguém inferior por conta da profissão.

— *Prostituição*, não putaria — corrigiu o atendente, piscando para eles.

Jule terminou a bebida e pediu uma terceira.

— Só tinha coisas explodindo e um cara de vermelho — Kenny disse. — Você está andando muito com aquelas suas amigas do clube do livro. Sempre fica sensível depois que sai com elas.

— Ah, vai se ferrar — a mulher disse, mas parecia tranquila. — Você morre de ciúme delas.

Kenny notou que Jule olhava para eles.

— Oi, moça — ele disse, levantando a cerveja.

Jule sentiu o efeito dos três drinques. Sorriu para a mulher.

— Sua esposa? — disse com a voz arrastada.

— Namorada — a mulher respondeu.

Jule fez um sinal positivo com a cabeça.

A noite começava a cair. Kenny e a namorada conversavam com ela. Jule ria. Eles disseram que deveria comer alguma coisa.

Ela não conseguia encontrar a boca. As batatas fritas estavam salgadas demais.

Os dois ainda falavam de filmes. A mulher tinha detestado o cara de vermelho.

Quem ele era? Teria um guaxinim? Era amigo de uma árvore. Não, de um unicórnio. O cara feito de pedra estava sempre triste. Estava condenado a ser pedra para sempre, então ninguém o amava. E também tinha aquele que não falava quem era. Era velho, mas tinha um corpo bonito e um esqueleto de metal. Calma, calma. Também tinha um cara azul. E uma mulher nua. Duas pessoas azuis. De repente, Jule estava no chão do bar.

Ela não sabia como tinha ido parar lá. Suas mãos estavam doloridas. Havia algo de errado com elas. A boca estava estranha e doce. Licor de café demais.

— Você está hospedada no Del Mar, no fim da avenida? — a namorada de Kenny perguntou para Jule.

Ela confirmou.

— É melhor a gente acompanhar a moça, Kenny. — A mulher estava agachada ao lado dela. — Aquela avenida é escura. Ela pode entrar na frente de um carro.

Então eles saíram. Kenny não estava muito perto delas. A mulher segurava o braço de Jule. Ela a ajudava a caminhar pela estrada escura, na direção das luzes brilhantes do Del Mar.

— Preciso te contar uma história — Jule disse em voz alta. Ela tinha que contar coisas para a namorada de Kenny.

— Precisa? Agora? — perguntou a mulher. — Olhe onde pisa. Está escuro.

— É sobre uma menina — disse Jule. — Não, é sobre um menino. Aconteceu há muito tempo. Esse menino, ele empurrou uma menina que conhecia contra uma parede. Outra menina, não eu.

— Aham.

Jule sabia que não estava contando a história do jeito certo, mas contava mesmo assim. Não ia parar.

— Ele fez o que quis com aquela menina na viela atrás do supermercado, à noite. Entendeu o que eu quis dizer?

— Acho que sim.

— A menina o conhecia da cidade e foi até lá quando o menino pediu, porque ele tinha um rostinho bonito. A idiota não sabia como dizer não do jeito certo. Usando os punhos. Ou talvez nem fizesse diferença o que ela falasse, porque ele não ia ouvir. A questão é que essa menina não tinha músculos. Nem habilidades. Tinha uma sacola plástica cheia de leite e donuts.

— Você é do sul, querida? — perguntou a namorada de Kenny. — Eu não tinha notado antes. Sou do Tennessee. Você é de onde?

— Ela não contou o que havia acontecido a nenhum adulto, mas disse a algumas amigas no banheiro. Foi assim que eu descobri.

— Aham.

— O menino, aquele mesmo menino, estava voltando do cinema para casa uma noite. Dois anos depois. Eu tinha dezesseis anos e estou em boa forma. Sabia disso? Estou mesmo. Então uma noite eu fui ao cinema e o vi. Quando estava voltando para casa. Muita gente diria que eu não deveria estar na rua sozinha. Mas estava. Aquele menino também não deveria estar sozinho.

A ideia de repente lhe pareceu engraçada. Jule sentiu necessidade de parar de andar para rir. Ela plantou os pés no chão e esperou que a gargalhada viesse. Mas não veio.

— Eu estava com um copo de raspadinha azul na mão — ela continuou —, daquele tipo bem grande que vendem no cinema. E com sandálias de tira com salto. Era verão. Você gosta de sapatos bonitos?

— Tenho joanete — a mulher respondeu. — Vamos andando?

Jule obedeceu.

— Tirei as sandálias. E chamei o garoto. Menti que precisava chamar um táxi, ali na esquina, no escuro. Disse que a bateria do celular tinha acabado e perguntei se podia me ajudar. Ele pensou que eu era inofensiva. Estava com um sapato na mão e um copo na outra. O outro pé do sapato estava no chão. Ele se aproximou. Joguei a bebida na cara dele com a mão esquerda, bati nele com o salto. Acertei bem na têmpora.

Jule esperou a mulher falar alguma coisa. Mas ela ficou em silêncio. Continuava segurando seu braço.

— Ele tentou me pegar pela cintura, mas levantei o joelho e acertei seu queixo. Depois bati com a sandália novamente.

Acertei bem no alto de sua cabeça. Um lugar sensível. — Parecia importante explicar exatamente onde o sapato havia batido. — Bati nele com o calçado várias vezes.

Jule parou de andar e obrigou a mulher a encará-la. Estava muito escuro. Só dava para ver algumas rugas leves ao redor dos olhos dela, mas não os olhos de fato.

— Ele ficou caído com a boca aberta — Jule disse. — Com sangue saindo pelo nariz. Parecia morto, juro. Não levantava. Olhei para a rua. Era tarde. Não havia uma luz acesa. Eu não sabia se ele tinha morrido. Peguei o copo de raspadinha e minhas sandálias e fui para casa. Peguei todas as minhas roupas e coloquei em uma sacola plástica. De manhã, fingi que estava indo para a escola.

Jule soltou as mãos ao lado do corpo. De repente, sentiu-se cansada, zonza e vazia.

— Ele estava morto? — a namorada de Kenny perguntou.

— Não — Jule disse lentamente. — Procurei o nome dele na internet. Procurei todos os dias até que apareceu em um jornal local, com uma foto. Ele tinha ganhado um concurso de poesia.

— Sério?

— O garoto nunca denunciou o que aconteceu. Foi naquela noite que eu soube quem eu era — Jule contou. — E do que era capaz. Entende o que quero dizer, moça?

— Fico feliz por ele não ter morrido, querida. Acho que você não está acostumada a beber.

— Nunca bebo.

— Ouça. Aconteceu uma coisa comigo, há muitos anos — a mulher disse. — O mesmo que aconteceu com essa menina. Não gosto de falar disso, mas é verdade. Superei e agora está tudo bem, sabe?

— Sim.

— Achei que você gostaria de ouvir isso.

Jule olhou para a mulher. Ela era bonita. Kenny era um homem de sorte.

— Você sabe o nome verdadeiro do Kenny? — Jule perguntou. — Qual é o nome verdadeiro dele?

— Vou acompanhar você até o quarto — disse a mulher. — Quero garantir que chegue em segurança.

— Foi quando senti a heroína que existe dentro de mim — Jule afirmou.

Depois que ela entrou, o mundo ficou preto.

Jule acordou com bolhas na manhã seguinte. Cada mão tinha quatro calombos cheios de pus na palma, bem abaixo dos dedos.

Permaneceu na cama e olhou para elas. Procurou o anel de jade na mesa de cabeceira. Não entrava. Os dedos estavam inchados.

Ela estourou as bolhas e deixou o líquido ser absorvido pelo lençol branco e macio do hotel. Sararia mais rápido daquele jeito.

Este não é um filme sobre uma garota que termina o relacionamento com seu namorado opressor, ela pensou. Tampouco é um filme sobre uma garota que foge da mãe controladora. Não é sobre um grande herói hétero que ama uma mulher que precisa ser salva, ou se associa a uma mulher menos empoderada que usa roupas justas.

Sou o centro da história agora, Jule disse a si mesma. Não preciso pesar muito pouco, usar pouca roupa ou ter dentes perfeitos.

Eu sou o centro.

Assim que sentou, sentiu ânsia de vômito. Jule correu para a privada e pressionou as palmas da mão cheias de bolhas no piso gelado do banheiro, mas não saiu nada.

Nada e mais nada. A ânsia continuou pelo que pareceram horas. Sua garganta se contraía e relaxava. Ela passou uma toalha no rosto, que ficou molhada. Encolheu-se, tremendo e ofegando.

Finalmente, a respiração se acalmou.

Jule levantou. Tomou café fresco. Depois abriu a mochila de Immie.

Lá estava a carteira da amiga. Tinha um milhão de compartimentos e um fecho prateado. Dentro, cartões de crédito, recibos, um cartão da biblioteca de Martha's Vineyard, a carteirinha da Vassar, o cartão do refeitório, o cartão da Starbucks, a carteirinha do plano de saúde e o cartão do quarto de hotel, além de seiscentos e doze dólares.

Jule abriu um pacote endereçado a Immie, entregue no dia anterior. Roupas enviadas por uma loja on-line. Quatro vestidos, duas camisas, um jeans, um suéter. Cada item era tão caro que Jule colocou a mão sobre a boca involuntariamente quando olhou a nota fiscal.

O quarto de Immie ficava ao lado. Jule estava com o cartão. O lugar estava limpo. No banheiro, havia um nécessaire com maquiagem encardido sobre a pia. Nela, Jule encontrou o passaporte de Imogen e um número surpreendente de potinhos e estojos, todos desorganizados. No suporte para toalha estava pendurado um sutiã bege feio. Havia também uma lâmina de barbear com alguns pelinhos.

Jule pegou o passaporte de Immie e olhou para a fotografia ao lado de seu próprio rosto no espelho. A diferença de altura era de apenas dois centímetros e meio. A cor dos olhos estava listada como verde. Os cabelos de Immie eram mais claros. O peso de Jule era significativamente maior, mas a maior parte eram músculos, que desapareciam sob certas roupas.

Ela pegou as carteirinhas da Vassar de Immie e as analisou. A foto do cartão do refeitório mostrava claramente o pescoço longo de Immie e os três furos que tinha na orelha. A da carteirinha de estudante era menor e mais embaçada. Não mostrava a orelha. Jule poderia usar aquela facilmente.

Ela cortou o cartão do refeitório em pedacinhos com uma tesoura de unha, jogou na privada e deu descarga.

Depois tirou as sobrancelhas, deixando-as finas como as de Immie. Cortou a franja mais curta com a tesoura de unha. Encontrou a coleção de anéis vintage da amiga: a raposa de ametista, a silhueta, o pato esculpido em madeira, a abelha de safira, o elefante de prata, o coelho saltitante de prata e o sapo de jade verde. Eles não serviriam em seus dedos inchados.

Jule passou os dias que se seguiram olhando os arquivos do computador de Immie. Ela usou os dois quartos. Tinham ar-condicionado. Às vezes abria a porta da varanda para deixar o calor denso entrar. Pediu serviço de quarto — panquecas com gotas de chocolate e suco de manga.

As contas bancárias e de investimento de Immie tinham um total de oito milhões de dólares. Jule memorizou números e senhas. Telefones e endereços de e-mail também.

Aprendeu a assinatura cheia de voltas de Imogen a partir de seu passaporte e da parte interna da orelha de seus livros. Copiou outras coisas escritas à mão de um bloco de notas que Immie tinha, coberto de rabiscos e listas de compras. Depois de criar uma assinatura eletrônica, encontrou o nome do advogado da família dela. Disse a ele que ela (Immie) ia viajar muito no ano seguinte, porque daria a volta ao mundo. E que queria fazer um testamento. O dinheiro seria deixado para uma amiga de poucas posses, que era órfã e havia perdido sua bolsa de estudos: Julietta West Williams. Ela também deixou dinheiro para um abrigo de animais e para uma fundação de combate a doenças renais.

O advogado levou alguns dias para se pronunciar, mas prometeu providenciar tudo. Sem problemas. Imogen Sokoloff era maior de idade.

Ela analisou o estilo de escrita de Immie nos e-mails e no Instagram: como ela assinava, como estruturava os parágrafos, as expressões que usava. Encerrou todas as suas contas nas redes sociais, que já estavam mesmo ociosas. Desmarcou Immie no máximo de fotografias possível. Garantiu que todos os cartões de crédito estivessem no débito automático. Recuperou senhas usando o e-mail de Immie.

Leu os jornais de Culebra em busca de notícias, mas não havia nenhuma.

Comprou tinta para cabelo em um mercadinho e fez mechas com cuidado, usando uma escova de dente. Praticou sorrir sem mostrar os dentes. Sentia uma dor forte na lateral do pescoço, que não desaparecia.

Finalmente, o advogado enviou por e-mail um modelo de testamento. Jule imprimiu no *business center* do hotel. Ela guardou os papéis na mala e resolveu que já tinha esperado demais. Comprou uma passagem para San Francisco no nome de Imogen. Fez o check out do hotel pelas duas.

SEGUNDA SEMANA DE SETEMBRO, 2016
CULEBRA, PORTO RICO

Duas semanas e meia antes de partir para San Francisco, Jule estava sentada ao lado de Imogen no banco de trás de um táxi, sacolejando pela estrada que saía do aeroporto de Culebra. Immie havia feito duas reservas em um resort.

— Vim pra cá com a família da minha amiga Bitsy Cohan quando a gente tinha doze anos — Immie disse, apontando para a ilha à sua volta. — Ela teve que imobilizar a mandíbula depois de um acidente de bicicleta. Lembro que passava o dia tomando daiquiri sem álcool. Nada de comida. Uma manhã, pegamos um barco para uma ilha minúscula chamada Culebrita. Tinha rochas vulcânicas negras como eu nunca tinha visto. Fizemos snorkel, mas Bitsy teve problemas com a mandíbula e ficou muito irritada.

— Também já tive que imobilizar a mandíbula uma vez — disse Jule. Era verdade, mas ela se arrependeu assim que disse. Não era uma história divertida.

— O que aconteceu? Você caiu da moto de um dos seus namorados de Stanford? Ou o técnico malvado do seu time de corrida deu um soco em você?

— Foi uma briga no vestiário — Jule mentiu.

— Outra? — Immie parecia levemente decepcionada.

— Bom, nós estávamos nuas — Jule disse para diverti-la.

— Até parece.

— Foi depois do treino, no último ano do colégio. Uma batalha de peladonas, nos chuveiros, três contra uma.

— Tipo um pornô num presídio.

— Não tão sensual. Elas quebraram meu maxilar.

— Cavalos — disse o motorista, apontando. E eram mesmo. Havia um grupo de três cavalos selvagens com pelos revoltos no meio da estrada. Ele buzinou.

— Não faça isso! — disse Imogen.

— Eles não têm medo — disse o motorista. — Vejam. — Ele buzinou de novo e os cavalos saíram lentamente do caminho, apenas um pouco irritados.

— Você gosta mais de animais do que de pessoas — disse Jule.

— Pessoas são cretinas, e essa história que você acabou de contar só comprova isso. — Imogen pegou um pacote de lenços na mochila e usou para secar a testa. — Quando você viu um cavalo agir como um cretino? Ou uma vaca? Nunca.

No banco da frente, o motorista falou:

— Cobras são cretinas.

— Não são, não — retrucou Immie. — Elas só estão tentando sobreviver, igual a todo mundo.

— Não as que picam — ele disse. — Essas são cruéis.

— Cobras picam quando se sentem ameaçadas — disse Immie, inclinando-se para a frente no banco. — Só picam quando precisam se proteger.

— Ou comer — disse o motorista. — Devem atacar alguma coisa todo dia. Odeio cobras.

— É muito melhor um rato morrer picado por uma cascavel do que ser capturado por um gato. Gatos brincam com a presa — disse Immie. — Eles ficam jogando de um lado para o outro, deixam que escape só para pegar de novo.

— Gatos são cretinos, então — disse o motorista.

Jule riu.

Eles pararam em frente ao hotel. Immie pagou o motorista em dólares.

— Estou do lado das cobras — disse Imogen. — Gosto delas. Obrigada.

O motorista tirou a bagagem do porta-malas e foi embora.

— Você não ia gostar de cobras se encontrasse uma — afirmou Jule.

— Ia, sim. Ela ia virar meu animal de estimação. Eu ia colocá-la em volta do pescoço, como se fosse um colar.

— Uma cobra venenosa?

— É claro. Estou aqui com você, não estou? — Imogen pôs o braço em volta de Jule. — Vou dar ratinhos deliciosos e outros petiscos de cobra pra você comer, e vou te deixar descansar sobre meus ombros. De vez em quando, se for absolutamente necessário, você pode esmagar meus inimigos até a morte, nua. Beleza?

— Cobras estão sempre nuas — disse Jule.

— Você é uma cobra especial. Na maior parte do tempo está vestida.

Immie entrou no saguão do hotel puxando as duas malas.

Era um lugar glamoroso para turistas, cheio de detalhes azul-turquesa. Tinha plantas e flores coloridas por todos os lados. Jule e Imogen estavam em quartos vizinhos. Havia duas piscinas e uma praia que se expandia em um longo arco branco com um píer na extremidade. O cardápio continha uma variedade enorme de peixes e frutas tropicais.

Depois de desfazer as malas, encontraram-se para jantar. Immie parecia renovada e grata por uma refeição tão maravilhosa. Não mostrava nenhum traço de pesar ou culpa. Só existia.

Mais tarde, elas desceram a avenida até um lugar descrito na internet como um bar de expatriados. O balcão dava a volta em todo o espaço, e um barman ficava no centro. Elas sentaram em bancos de vime. Immie pediu uma batida de licor de café e Jule preferiu uma coca zero com xarope de baunilha. As pessoas falavam bastante. Imogen começou a conversar com um cara branco de camisa havaiana. Ele disse que morava em Culebra fazia vinte e dois anos.

— Eu tinha um pequeno comércio de maconha. Cultivava no armário, com luzes, e vendia depois. Em Portland. Não pensava que alguém ia se importar. Mas os policiais me pegaram. Quando saí sob fiança, fui para Miami. De lá, peguei um barco para Porto Rico, depois a balsa para cá. — Ele fez sinal pedindo outra cerveja.

— Você é um fugitivo? — Immie perguntou.

Ele riu.

— Pense dessa maneira: eu não acho que o que fazia era crime, então não devia sofrer as consequências. Eu me realoquei. Não estou fugindo. Todo mundo aqui me conhece. Só não sabem o nome que consta em meu passaporte.

— E que nome seria? — Jule perguntou.

— Não vou te contar. — Ele riu. — Assim como não conto a eles. Ninguém se importa com essas coisas aqui.

— O que você faz da vida? — Jule perguntou.

— Muitos americanos e porto-riquenhos têm casas de veraneio aqui. Eu cuido delas para eles. Me pagam em dinheiro. Faço reparos, cuido da segurança, esse tipo de coisa.

— E sua família? — Immie perguntou.

— É pequena. Tenho uma namorada aqui. Meu irmão sabe onde estou e vem me visitar de vez em quando.

Imogen franziu a testa.

— Você quer voltar um dia?

O homem fez que não.

— Nunca penso nisso. Quando se fica longe tempo o bastante, não parece haver muito motivo para voltar.

Elas passaram os três dias seguintes sentadas na beira da enorme piscina sinuosa, cercadas de guarda-sóis e espreguiçadeiras azul-turquesa. Jule ficava pendurada no pescoço de Imogen. Elas liam. Imogen assistia a vídeos de técnicas culinárias no YouTube. Jule malhava. Imogen fazia tratamentos no spa. Elas nadavam e caminhavam na praia.

Imogen bebia muito. Garçons lhe traziam margaritas na beira da piscina. Ela não parecia triste. A sensação mágica da fuga inicial de Martha's Vineyard foi se tecendo no decorrer dos dias. Até onde Jule podia ver, tinha sido um triunfo. Aquela era a vida que Imogen dizia desejar, livre de ambições e expectativas, sem ninguém para agradar ou decepcionar. As duas simplesmente existiam, e os dias eram lentos, com gosto de coco.

Na quarta noite, Jule e Immie sentaram com os pés dentro do ofurô, como já haviam feito tantas vezes na casa em Martha's Vineyard.

— Talvez eu devesse voltar para Nova York — Imogen disse, pensativa. — Eu deveria ver meus pais. — Fazia um tempo que elas tinham jantado. Immie estava tomando uma margarita em um copo de plástico com tampa e canudo.

— Não vá — disse Jule. — Fique aqui comigo.

— Pensei naquilo que o cara do bar disse, de que, quanto mais tempo você demora, menos motivo tem para voltar. — Imogen levantou, tirando a blusa e o short. Vestia um maiô grafite com uma argola dourada enfeitando o decote profundo. Afundou devagar no ofurô. — Não quero ficar sem motivos para voltar. Pro meu pai e pra minha mãe. Mas também odeio ficar lá. Eles só... me deixam tão triste. Te contei da última vez que estive em casa? Nas férias de inverno?

— Não.

— Ia ter uma folga da faculdade e estava superaliviada por ter um tempo longe de lá. Não tinha passado em ciências políticas. Brooke e Vivian ficavam brigando o tempo todo. Isaac tinha terminado comigo. Quando eu cheguei em casa, meu pai estava mais doente do que eu imaginava. Minha mãe não parava de chorar. Meu medo idiota de estar grávida, o drama com as meninas, as notas ruins... eram coisas muito triviais para serem mencionadas. Meu pai ficava encolhido, respirando com a ajuda de um tanque de oxigênio. Tinha uma porção de frascos de remédios na mesa da cozinha. Um dia ele apertou meu braço e sussurrou: "Traz uma babka pra mim".

— O que é babka?

— Você nunca comeu? É tipo um pãozinho trançado de canela e nozes.

— Você levou para ele?

— Sim e comprei seis. Dei um por dia pra ele até as férias de inverno acabarem. Senti que estava fazendo algo por ele, quando, na verdade, não havia nada a ser feito... Na manhã em que fui embora, enquanto minha mãe me levava para a Vassar, fui tomada pelo pavor. Não queria ver Vivian. Nem Brooke. Nem Isaac. A faculdade parecia completamente inútil, tipo a etapa final para me tornar o tipo de filha que minha mãe gostaria que eu fosse. Ou o tipo de garota que Isaac queria que eu fosse. Mas nem perto do que *eu* queria ser. Assim que ela foi embora, chamei um táxi e fui para Martha's Vineyard.

— Por que lá?

— Era um refúgio. A gente passava férias lá quando eu era pequena. Depois dos primeiros dias, simplesmente deixei a bateria do celular acabar. Não queria falar com mais ninguém. Sei que parece egoísmo, mas eu precisava fazer algo radical. Com a doença do meu pai, não conversava com ninguém sobre meus problemas. A única forma de me resolver era experimentando a vida *longe*. Sem todas aquelas pessoas querendo coisas de mim ou se decepcionando comigo. Então só fiquei. Estava morando no hotel havia um mês quando me dei conta de que não voltaria. Mandei um e-mail para meus pais dizendo que estava bem e aluguei a casa.

— Como eles reagiram?

— Com mil e-mails e mensagens. "Por favor, venha passar alguns dias em casa. Pagamos a passagem de avião." "Seu pai quer saber por que você não retorna as ligações dele." Esse tipo de coisa. A hemodiálise não permitia que ele fosse a Martha's Vineyard, e eles me atormentavam. — Immie suspirou. — Bloqueei as mensagens. Parei de pensar neles. Foi como mágica, tipo desligar os pensamentos. Ser capaz de não pensar nos meus pais de algum modo me salvou. Posso ser uma pessoa terrível, mas foi tão bom, Jule, não me sentir culpada.

— Não acho que você seja uma pessoa terrível — Jule disse. — Você quis mudar sua vida. Precisou fazer algo extremo para se tornar a pessoa que queria ser.

— Exatamente. — Immie tocou no joelho de Jule com a mão molhada. — Agora, e quanto a você? — Aquele era o padrão de Imogen, falar sem parar até analisar bem uma ideia e fazer uma pergunta quando estivesse cansada.

— Não vou voltar — Jule afirmou. — Nunca.

— É tão ruim assim? — Immie perguntou, tentando olhá-la nos olhos.

Jule pensou por um instante que alguém poderia amá-la, que ela poderia se amar e merecer todas aquelas coisas. Immie entenderia qualquer coisa que dissesse naquele momento. Qualquer coisa.

— Somos iguais — ela arriscou. — Não quero ser a pessoa que fui criada para ser. Quero ser o que estou sendo aqui, agora. Com você. — Era uma declaração sincera.

Immie se aproximou e deu um beijo no rosto dela.

— Família só causa confusão no mundo todo.

As palavras de Jule saíram apressadas.

— Somos a família uma da outra agora. Eu sou a sua e você é a minha.

Ela esperou. Olhou para Immie.

Imogen deveria dizer que elas eram como irmãs.

Imogen deveria dizer que eram amigas para toda a vida e que, sim, eram uma família.

Elas haviam acabado de conversar com tanta intimidade. Imogen deveria prometer que nunca abandonaria Jule como tinha acabado de abandonar Forrest, como tinha abandonado sua mãe e seu pai.

Em vez disso, ela só deu um sorriso suave. Depois saiu do ofurô e foi até a piscina com seu maiô grafite. Sorriu para o grupo de adolescentes que fazia brincadeiras idiotas na parte rasa. Americanos.

— Ei, meninos. Algum de vocês quer pegar um pacote de batatinha ou pretzels lá no bar? — Immie perguntou. — Não quero molhar tudo lá dentro.

Eles estavam mais molhados do que ela, mas um deles

saiu da piscina e pegou uma toalha. Era magro e cheio de espinhas, mas tinha dentes brancos e o tipo de corpo alongado e estreito de que Immie gostava.

— A seu dispor — ele disse, fazendo uma reverência idiota.

— Você é um exímio cavalheiro.

— Está vendo só? — o garoto gritou para os amigos na piscina. — Sou um cavalheiro.

O que Immie tinha para encantar a todos? Era apenas um grupo de garotos, com quase nada a oferecer. Mas ela fazia essas coisas sempre que a situação ficava intensa. Virava e iluminava outras pessoas, que se consideravam sortudas ao serem notadas por ela. Ela tinha feito isso ao trocar seus amigos da Greenbriar por novos amigos na Dalton. Tinha feito ao trocar o pai doente e seus amigos da Dalton para ir para a Vassar, e ao deixar a Vassar para morar em Martha's Vineyard. Ela tinha deixado Forrest e Martha's Vineyard por Jule, mas Jule não era mais novidade, aparentemente. Immie sempre precisava ser admirada por novas fontes.

O garoto trouxe vários pacotes de batatinhas. Imogen sentou em uma espreguiçadeira, comendo e fazendo perguntas.

De onde eles eram?

— Maine.

Quantos anos tinham?

— O suficiente! Ha-ha-ha!

Não exatamente. Quantos anos?

— Dezesseis.

A gargalhada de Imogen ecoou até o outro lado da piscina.

— São bebês!

Jule levantou e calçou os sapatos. Havia algo naqueles

meninos que fazia sua pele arrepiar. Ela odiava a forma como eles competiam para manter Imogen entretida, jogando água e mostrando os músculos na piscina. Não queria conversar com um bando de moleques. Ia deixar Imogen alimentar seu ego, se era daquilo que precisava.

Na manhã seguinte, Jule quis alugar um barco para ir a Culebrita. Era uma pequena ilha com rochas vulcânicas negras, uma reserva selvagem com praias. Immie mencionara aquele lugar no dia em que haviam chegado. Podiam pegar alguma das barcas que faziam o trajeto o dia todo, mas depois provavelmente teriam que esperar para voltar. Jule achou melhor irem por conta própria, porque assim ficavam mais livres. O concierge passou a ela o telefone de um cara que alugava barcos.

Immie não via necessidade de irem sozinhas se alguém poderia levá-las. Não via necessidade nem de ir a Culebrita. Já conhecia o lugar. E havia água limpa e cristalina bem ali. E um restaurante. E duas piscinas aquecidas. E pessoas com quem conversar.

Mas Jule não queria ficar nem mais um dia na piscina com aqueles garotos idiotas e exibidos. Queria ir a Culebrita, ver as famosas rochas negras e subir até o farol.

O cara do barco disse que as encontraria no píer que ficava na extremidade da praia. Era tudo muito informal. Jule e Immie foram até lá e dois jovens porto-riquenhos apareceram em barcos pequenos. Immie pagou em dinheiro. Um cara mostrou a ela como funcionava o motor e como os remos estavam encaixados na ponta do barco, caso precisassem deles. Havia um número para ligarem na hora que chegassem.

Immie estava de cara feia. Disse que os coletes salva-vidas estavam rachados e que o barco precisava de uma pintura. Mas entrou assim mesmo.

O percurso até a baía levou meia hora. O sol fervia sobre elas. A água era de um azul impressionante.

Chegando em Culebrita, as duas pularam na água para empurrar o barco até a margem. Jule escolheu uma trilha e elas começaram a caminhar. Immie estava quieta.

— Pra qual lado? — Jule perguntou quando chegaram a uma bifurcação.

— Você que sabe.

Foram para a esquerda. A colina era íngreme. Depois de uma caminhada de quinze minutos, Immie ralou o pé em uma pedra. Ela o levantou e apoiou em uma árvore para examiná-lo.

— Tudo bem? — Jule perguntou.

Estava sangrando, mas bem pouco.

— Sim.

— Eu devia ter trazido um band-aid — Jule disse.

— Mas não trouxe, tudo bem.

— Sinto muito.

— Não é culpa sua — disse Immie.

— Estou dizendo que sinto muito por você ter se machucado.

— Deixa para lá — Imogen disse, e continuou subindo a colina. Chegando ao topo, elas viram as rochas negras.

Eram diferentes do que Jule esperava. Mais bonitas. Quase assustadoras. Escuras e escorregadias. Corria água entre elas, formando piscinas que pareciam aquecidas sob o sol. Algumas das rochas estavam cobertas de algas verdes.

Não havia mais ninguém por perto.

Immie ficou de biquíni e entrou na piscina maior sem dizer uma palavra. Estava bronzeada e usava um biquíni preto amarrado no pescoço.

De repente Jule se sentiu grosseira e masculina. Os músculos pelos quais tanto havia trabalhado pareciam idiotas, e o maiô azul-claro que havia usado o verão todo parecia fora de moda.

— Está quente? — ela perguntou sobre a piscina rasa.

— Bem quente — respondeu Immie. Ela estava inclinada, jogando água nos braços e na nuca. O mau humor de Immie a irritava. Afinal, Jule não tinha culpa se ela tinha ralado o pé. Só era culpada de dizer que queria visitar Culebrita.

Immie era uma criança mimada que fazia bico quando as coisas não saíam como queria. Aquela era uma de suas limitações. Ninguém nunca dizia não para ela.

— Vamos até o farol? — Jule perguntou. Ficava no ponto mais alto da ilha.

— Pode ser.

Jule queria que Immie demonstrasse entusiasmo. Mas ela estava apática.

— Seu pé está bom?

— Deve estar.

— Você *quer* subir até o farol?

— Posso ir.

— Mas você quer?

— O que você quer que eu diga, Jule? "Ah, meu sonho é visitar o farol"? Em Martha's Vineyard eu via um farol todo santo dia. Quer que eu diga que estou morrendo de vontade de subir até lá com meu pé ensanguentado nesse calor infernal pra ver uma construçãozinha sem graça que parece milhares de outras construçãozinhas sem graça que já vi um milhão de vezes antes? É isso que você quer?

— Não.

— O que quer, então?

— Só estava perguntando.

— Quero voltar para o hotel.

— Mas acabamos de chegar.

Imogen saiu da água, vestiu as roupas e enfiou os pés nas sandálias.

— Podemos voltar, por favor? Quero ligar para Forrest. Meu celular não funciona aqui.

Jule secou as pernas e calçou os sapatos.

— Por que quer ligar para Forrest?

— Porque ele é meu namorado e estou com saudades — respondeu Immie. — Por acaso você achou que eu tinha terminado com ele?

— Não achei nada.

— Porque não terminei. Só vim para Culebra pra dar um tempo.

Jule colocou a bolsa que estavam compartilhando no ombro.

— Se você quer voltar, vamos voltar.

Jule se sentiu desprovida de toda a alegria que havia sentido nos últimos dias. Tudo parecia quente e comum.

Elas tinham arrastado o barco bem para dentro da areia e, quando voltaram para a praia, tiveram que empurrá-lo de volta. Então entraram e tiraram os remos do suporte, usando-os para conduzir o barco até uma profundidade suficiente para que flutuasse e pudessem ligar o motor.

Imogen não falou muito.

Jule ligou o motor e apontou o barco na direção de Culebra.

Immie sentou na parte da frente do barco, com seu perfil dramático em contraste com o mar. Jule olhou para ela e sentiu uma onda de afeição. Ela era linda, e em sua beleza dava para ver que era gentil. Boa com os animais. O tipo de amiga que traz café do jeito que você gosta, compra flores, te dá livros e faz bolinhos. Ninguém sabia se divertir como Immie. Ela atraía as pessoas; todos a amavam. Tinha uma espécie de poder — dinheiro, entusiasmo, independência — que brilhava ao seu redor. E lá estava Jule, no meio do mar, na maravilhosa água azul-turquesa, com aquele ser humano raro, singular.

Nada daquela briguinha importava. Era só cansaço. Até melhores amigos brigavam. Fazia parte de abrir o coração por inteiro.

Jule desligou o motor. O mar estava calmo. Não havia nenhum outro barco no horizonte.

— Está tudo bem? — Imogen perguntou.

— Sinto muito por ter insistido em alugar esse barco idiota.

— Sem problemas. Mas vou voltar para Martha's Vineyard amanhã de manhã pra ficar com Forrest.

Jule se sentiu zonza.

— Como assim?

— Estou com saudade dele. Me sentindo mal por ter ido embora daquele jeito. Eu estava chateada com... — Immie fez uma pausa, hesitando em dizer as palavras. — Com o que aconteceu com o empregado. E com a reação de Forrest. Mas eu não devia ter fugido. Sempre faço isso.

— Você não deveria voltar para Martha's Vineyard por se sentir responsável por Forrest. Justo por ele — afirmou Jule.

— Eu amo Forrest.

— Então por que mente pra ele o tempo todo? — rebateu Jule. — Por que está aqui comigo? Por que ainda pensa em Isaac? Não é assim que alguém apaixonado age. Ninguém larga outra pessoa no meio da noite e espera que ela fique feliz quando voltar. Você não pode fazer isso.

— Você tem ciúmes do Forrest. Eu entendo. Você me faz sentir como uma boneca com que quer brincar e não dividir com mais ninguém — Immie disse em tom grosseiro. — Achei que gostasse de mim por ser quem eu sou. Não pelo dinheiro ou coisa do tipo. Achei que éramos parecidas e que você me entendia. Era fácil contar as coisas pra você. Só que, cada vez mais, acho que você tem essa ideia de mim, de *Imogen Sokoloff* — ela aumentou a voz para dizer o próprio nome —, dessa pessoa que não sou eu. Dessa pessoa ideal de quem *você* gosta. Você só quer usar minhas roupas, ler meus livros e brincar de faz de conta com meu dinheiro. Não é uma amizade de verdade, Jule. Não é uma amizade de verdade se eu pago tudo, você pega tudo emprestado e ainda assim não é o suficiente. Você quer todos os meus segredos, depois os usa contra mim. Tenho pena de você, de verdade. Gosto de você, mas na maior parte do tempo você é, tipo, uma imitação de mim. Sinto muito em ter que dizer isso, mas...

— O quê?

— Você não acrescenta nada. Fica mudando os detalhes das histórias que conta, é como se nem você mesma soubesse. Nunca devia ter te convidado para morar com a gente em Martha's Vineyard. Foi legal por um tempo, mas agora estou me sentindo usada e de certa forma enganada. Preciso ficar longe de você. É isso.

A tontura aumentou.

Immie não podia estar dizendo aquelas coisas.

Jule vinha fazendo tudo o que ela queria semana após semana. Tinha deixado Immie sozinha sempre que ela quis, ido às compras quando Immie pediu. Havia tolerado Brooke, tolerado Forrest. Tinha sido uma boa ouvinte quando necessário, uma contadora de histórias quando solicitado. Tinha se adaptado ao ambiente e aprendido todos os códigos de comportamento do mundo de Immie. Tinha ficado de boca fechada. Lido centenas de páginas de Dickens.

— Não sou minhas roupas — Imogen disse. — Não sou meu dinheiro. Você quer que eu seja essa pessoa...

— Não quero que você seja nada exceto você mesma — interrompeu Jule.

— Quer, sim — afirmou Imogen. — Você quer que eu te dê atenção quando não estou com vontade. Quer que eu seja linda e relaxada, quando há dias em que me sinto feia e as coisas parecem difíceis. Você me coloca em um pedestal, quer que eu sempre cozinhe coisas maravilhosas, leia alta literatura e seja ótima com todo mundo, mas não sou assim, e isso é exaustivo. Não quero me vestir bem e seguir esse ideal que você tem de mim.

— Não é verdade.

— O peso disso é enorme, Jule. Está me sufocando. Você me pressiona a *ser algo* pra você, e eu não quero.

— Você é minha melhor amiga. — A verdade saiu do peito de Jule, alta e melancólica. Ela sempre tinha apenas passado pelas pessoas. Não lhe pertenciam, nunca haviam deixado uma marca nela, não sentia falta de ninguém. Jule tinha dito centenas de mentiras para fazer Immie amá-la. Merecia aquele amor em troca.

Immie sacudiu a cabeça.

— Virei sua melhor amiga depois de você ter passado algumas semanas na minha casa este verão? Não é possível. Eu devia ter pedido pra você ir embora no primeiro fim de semana.

Jule levantou. Immie estava sentada na frente do barco.

— O que eu fiz pra você me odiar? — Jule perguntou. — Não entendo.

— Você não fez nada! Eu não te odeio.

— Quero saber o que eu fiz de errado.

— Só te convidei pra vir comigo porque queria que você ficasse quieta — disse Imogen. — Te chamei pra calar a sua boca. Pronto, foi isso.

Elas ficaram em silêncio. Aquela frase permaneceu entre as duas: *Te chamei pra calar a sua boca.*

Imogen continuou:

— Não aguento mais essa viagem. Não aguento você pegando minhas roupas e olhando pra mim desse jeito, como se eu nunca fosse suficiente, como se estivesse me ameaçando, querendo que eu me importe com você. Eu não me importo.

Jule não pensou, não conseguia pensar.

Pegou um remo no fundo do barco e bateu com força.

A ponta da pá atingiu o crânio de Imogen. A parte afiada primeiro.

Immie caiu. O barco sacudiu. Jule deu um passo à frente e Immie virou o rosto para ela. Parecia surpresa. Jule se sentiu triunfante por um instante: seu oponente a havia subestimado.

Acertou o remo naquele rosto de anjo mais uma vez. O nariz quebrou, assim como as maçãs do rosto. Um dos olhos saltou, sangrando. Jule bateu uma terceira vez e o barulho foi terrível, alto, de certa forma definitivo. O maxilar de Imogen, a soberba, a beleza, o senso indiferente de autoimportância, tudo foi esmagado pelo poder do braço direito de Jule. Ela era a vencedora, e por um breve instante aquilo lhe pareceu glorioso.

Immie caiu na água. O barco balançou. Jule cambaleou, batendo o quadril com força na lateral.

Immie emergiu duas vezes, ainda lutando. Tentava respirar. Seus olhos estavam cheios de sangue, tingindo a água turquesa. Sua camisa branca estava encharcada.

A sensação de triunfo minguou e Jule pulou no mar, pegando Immie pelo ombro. Ela queria uma resposta.

Immie lhe devia uma resposta.

Elas ainda não tinham terminado, merda. Immie não podia fugir.

— O que você tem a dizer? — Jule gritou, movimentando as pernas sob a água e erguendo Immie da melhor forma possível. — O que tem a me dizer agora? — Sangue escorria do rosto de Immie para seus braços. — Não sou seu bichinho de estimação nem sua amiga. Está me ouvindo? — Jule berrou. — Você me despreza, mas sou mais forte. Sou eu quem tem força aqui, porra. Está vendo, Immie? Está vendo?

Jule tentou virá-la, manter seu rosto para cima, mantê-la respirando e ouvindo, mas os ferimentos eram sérios demais. O rosto de Imogen estava em carne viva, com sangue saindo pelo ouvido, pelo nariz, pela lateral esmagada da bochecha. Seu corpo se contorcia e tremia. A pele estava escorregadia, muito escorregadia. Ela sacudiu os membros, atingindo o rosto de Jule com o dorso descontrolado de uma das mãos.

— Que merda você tem pra dizer agora? — Jule repetiu, suplicando. — O que é que você quer me dizer?

O corpo de Imogen Sokoloff se contorceu uma última vez, depois ficou imóvel.

O sangue envolvia as duas.

Jule voltou para o barco e o tempo parou.

Uma hora deve ter se passado. Talvez duas. Ou apenas alguns minutos.

Nenhuma briga havia terminado daquele jeito. Sempre havia sido ação, heroísmo, defesa, competição. Às vezes vingança. Agora era diferente. Havia um corpo no mar. A ponta de uma orelha pequena com três furos. Os botões do punho da camisa, o azul frio em contraste com o linho branco.

Jule havia amado Immie Sokoloff tanto quanto sabia amar. Realmente havia.

Mas Immie não quisera seu amor.

Pobre Immie. A bela e especial Immie.

Jule sentiu um espasmo. Tentou vomitar sobre a lateral do barco. Agarrou a beirada, achando que ia passar mal. Seus ombros tremiam. Ela ficou ofegando, mas nada aconteceu. Levou um ou dois minutos para se dar conta de que estava chorando.

Seu rosto estava coberto de lágrimas.

Não tinha a intenção de ferir Imogen.

Tinha, sim.

Não, não tinha.

Gostaria de não ter feito aquilo.

Gostaria que aquilo pudesse ser desfeito. Gostaria de ser outra pessoa, em outro corpo, com outra vida. Queria que Immie tivesse correspondido seu amor, e chorava porque agora aquilo nunca mais aconteceria.

Ela esticou o braço e tocou a mão molhada e débil de Immie. Segurou-a, inclinando-se sobre a beirada do barco.

Ouviu-se o som de um avião no céu.

Jule largou a mão de Immie e engoliu as lágrimas. Seu instinto de autopreservação falou mais alto.

Ela ainda estava afastada. A uns vinte minutos de barco de Culebra e dez de Culebrita. Tocou a água. Havia uma corrente na direção do mar aberto, vinda do movimentado canal entre as duas ilhas. Puxou a mão de Immie até estar perto o bastante para passar uma corda sob seus braços, cuidando para que ficasse solta e não deixasse marcas. A corda era áspera, o que dificultava o trabalho. As palmas das mãos de Jule ficaram doloridas devido ao atrito. Precisou de várias tentativas até conseguir dar um nó que não soltasse.

Ligou o motor e seguiu lentamente na direção do mar aberto, seguindo a corrente. Quando estavam bem fora da rota movimentada entre Culebra e Culebrita e o mar ficou escuro e profundo, Jule desamarrou a corda e soltou Imogen.

O corpo afundou bem, bem devagar.

Jule enxaguou a corda e a esfregou com uma escova que encontrou em uma pequena caixa de ferramentas. Suas mãos estavam machucadas e sangravam um pouco, mas, fora isso, ela não tinha marca nenhuma. Enrolou a corda com cuidado e a colocou de volta em seu lugar dentro do barco. Esfregou e enxaguou o remo.

Depois ligou o motor e voltou.

— Srta. Sokoloff? — O atendente acenou para Jule no saguão do hotel.

Ela parou e olhou.

Ele pensou que ela fosse Imogen. Ninguém nunca a havia confundido com Imogen.

As duas não eram tão parecidas, mas eram duas jovens brancas, baixas, com cabelos curtos e sardas. Tinham o mesmo modo de falar da Costa Leste. Podiam passar uma pela outra.

— Chegou um pacote pra você — disse o atendente, sorrindo. — Aqui está.

Jule retribuiu o sorriso.

— Você é um doce — ela disse. — Obrigada.

8

SEGUNDA SEMANA DE SETEMBRO, 2016

MENEMSHA, MARTHA'S VINEYARD, MASSACHUSETTS

Seis dias antes de Jule pegar aquele pacote, o empregado não apareceu para trabalhar na casa de Immie em Martha's Vineyard. Seu nome era Scott. Devia ter uns vinte e quatro anos, de modo que era pouco mais velho que Immie, Jule, Brooke e até mesmo Forrest.

Scott havia sido recomendado pelos proprietários para cuidar do jardim e fazer a manutenção da casa. A piscina e o ofurô precisavam de cuidados constantes. A casa era bem aberta e cheia de janelas, com pé-direito alto nas salas de estar e de jantar. Tinha seis claraboias e cinco quartos. Deques na frente e nos fundos. Roseiras e outras plantas. Era muita coisa para limpar.

Scott tinha feições largas e nariz achatado. Era branco, com bochechas rosadas, rosto quadrado e cabelos escuros e rebeldes. Tinha quadril estreito e braços muito musculosos. Normalmente estava de boné e sem camisa.

Quando Jule o conheceu, não entendeu bem o que fazia ali. Estava na cozinha, limpando o chão com um esfregão e um balde. Não parecia diferente dos diversos amigos de Forrest e

Immie que estavam sempre de passagem, despido da cintura para cima, fazendo tarefas domésticas.

— Oi, eu sou a Jule — ela disse, parada na porta.

— Scott — ele falou, ainda passando o esfregão.

— Você vai para a praia? — ela perguntou.

— Ah, não. Estou bem aqui. Trabalho na casa.

— Ah, entendi. — Jule se perguntou se Imogen falava com o cara como com qualquer um ou se Scott deveria ser invisível. Ela ainda não conhecia os códigos de conduta neste caso. — Sou amiga da Immie dos tempos de escola.

Ele não respondeu.

Jule o observou por um instante.

— Quer uma bebida? — ela perguntou. — Tem coca normal e zero.

— É melhor eu continuar trabalhando. Imogen não gosta que eu fique à toa.

— Ela é tão rígida assim?

— Só sabe o que quer. Respeito isso — ele disse. — E paga meu salário.

— Mas você quer uma coca?

Scott ficou de joelhos e espirrou produto de limpeza na área suja sob a lava-louça. Depois esfregou com uma esponja áspera. O suor fazia os músculos de suas costas brilharem.

— Ela não me paga pra pegar coisas da geladeira — ele finalmente respondeu.

Dias mais tarde, ficou claro que Scott não deveria ser invisível, porque era tão decorativo que era impossível ignorar sua presença, mas ninguém falava com ele, só o cumprimentava. Immie apenas dizia "oi" quando o via, mas seus olhos percorriam seu corpo. Scott limpava os banheiros, tirava o lixo e arrumava a bagunça da sala. Jule nunca mais lhe ofereceu coca.

Uma sexta-feira, Scott não apareceu. Ele costumava limpar a cozinha e os banheiros às sextas, e regar o gramado. Saía por volta das onze, então ninguém ligou para sua ausência.

No sábado, no entanto, ele tampouco foi à casa. Era quando ele limpava a piscina e fazia a manutenção do jardim. Immie sempre deixava seu pagamento da semana anterior sobre a bancada da cozinha. O dinheiro simplesmente ficou lá.

Jule desceu as escadas, vestida para malhar. Brooke estava sentada ao balcão da cozinha com uma tigela de uvas. Forrest e Immie comiam granola com iogurte e framboesas à mesa da sala de jantar. A pia estava cheia de louça.

— Cadê o empregado? — Brooke gritou para a sala de jantar enquanto Jule pegava um copo de água.

— Ele está bravo comigo — Immie respondeu.

— *Eu* estou bravo com *ele* — disse Forrest.

— Eu também estou — gritou Brooke. — Quero que ele lave minhas uvas, tire a roupa e lamba meu corpo todo, da cabeça aos pés. Só que ele não está fazendo isso. Nem está aqui. Não sei o que deu errado.

— Engraçadinha — disse Forrest.

— Ele é tudo o que quero em um cara — disse Brooke. — É alto, forte, fica de boca fechada e, diferente de vocês — ela colocou uma uva na boca —, lava a louça.

— Eu lavo louça — disse Forrest.

Immie riu.

— Você lava, tipo, o único prato que usou para comer.

Forrest piscou e voltou ao assunto.

— Você já ligou pra ele?

— Não. Ele quer um aumento e não vou dar — Immie disse calma, encontrando os olhos de Jule. — O cara é bom, mas vive atrasando. Odeio acordar e ver a cozinha bagunçada.

— Você demitiu o empregado? — perguntou Forrest.

— Não.

— Ele disse que continuaria trabalhando aqui depois que vocês conversaram sobre o aumento?

— Acho que sim. Não tenho certeza. — Immie levantou e tirou a caneca e a tigela da mesa.

— Como assim?

— Achei que continuaria. Mas, pelo jeito, não — Immie respondeu da cozinha.

— Vou ligar pra ele — disse Forrest.

— Não ligue. — Ela voltou para a sala de jantar.

— Por que não? — Forrest pegou o celular de Immie. — Precisamos de um empregado, e ele já conhece o trabalho. Talvez seja um mal-entendido.

— Eu disse pra não ligar — retrucou Immie. — O celular e a casa são meus.

Forrest largou o celular, piscando.

— Estou tentando ajudar — ele disse.

— Não, não está.

— Sim, estou.

— Você deixa tudo nas minhas costas — Immie disse. — Eu cuido da cozinha, da comida, do faxineiro, das compras e do wi-fi. Agora está irritado porque não faço as coisas do jeito que quer?

— Imogen.

— Não sou sua empregada, Forrest — ela disse. — Sou o contrário disso.

Forrest foi até seu laptop.

— Qual é o sobrenome do Scott? — ele perguntou. — Acho que devemos procurar o nome dele e ver se alguém já fez alguma reclamação, ver qual é a do cara. Ele deve estar no Yelp ou algo assim.

— Cartwright — disse Immie, aparentemente sem querer continuar a discussão. — Mas você não vai encontrar. Ele só faz pequenos serviços em Martha's Vineyard. Não deve ter um site.

— Bem, talvez eu... ai, meu Deus.

— O que foi?

— Scott Cartwright de Oak Bluffs?

— Isso.

— Ele está morto.

Immie correu para ver. Brooke saiu de perto da bancada e Jule voltou do corredor, onde estava se alongando. Eles se agruparam em volta do computador.

Era um artigo no site do *Martha's Vineyard Times*, relatando o suicídio de Scott Cartwright. Ele tinha se enforcado com uma corda pendurada em uma viga alta, no celeiro de um vizinho. Havia utilizado uma escada de seis metros.

— É minha culpa — disse Imogen.

— Não, não é — disse Forrest, ainda olhando para a tela. — Ele queria um aumento e estava sempre atrasado. Você não ia dar mais dinheiro pra ele. Não tem relação com o cara ter se matado.

— Ele devia estar deprimido — disse Brooke.

— Diz aqui que não deixou nenhum bilhete — afirmou Forrest. — Mas eles têm certeza de que foi suicídio.

— Acho que não foi — Immie disse.

— Deixa disso — disse Forrest. — Ninguém forçou o cara a subir em uma escada de seis metros em um celeiro e se enforcar.

— Alguém pode ter feito isso — disse Immie.

— Você está exagerando — disse Forrest. — Scott era um cara legal, e é triste que ele tenha morrido, mas ninguém o *matou*. Pense racionalmente.

— Não me diga para pensar racionalmente — Immie disse, com a voz dura.

— Ninguém ia matar um empregado e fazer parecer suicídio. — Forrest se afastou do computador. Ele prendeu os cabelos compridos em um rabo de cavalo com um elástico que tinha no pulso.

— Não fale comigo como se eu fosse uma criança.

— Imogen, você está chateada com o que aconteceu com ele, o que é compreensível, mas...

— Isso não tem nada a ver com o Scott! — gritou Immie. — Tem a ver com você me dizendo para pensar racionalmente. Você se acha superior porque terminou a faculdade. E porque é homem. E porque é um Martin, dos Martin de Greenwich e...

— Immie...

— Me deixa terminar — vociferou Imogen. — Você mora na *minha* casa. Come a *minha* comida e dirige o *meu* carro. Quem limpava sua sujeira era o pobre coitado que *eu* pagava. Uma parte de você me odeia por isso, Forrest. Você me odeia porque posso bancar essa vida e tomar minhas próprias decisões, então me trata como idiota e faz pouco caso das minhas ideias.

— Por favor, podemos ter essa conversa sozinhos? — ele perguntou.

— Sai daqui. Me deixa em paz — disse Immie. Ela parecia cansada.

Forrest resmungou e subiu as escadas. Brooke foi atrás dele.

Immie enrugou o rosto e começou a chorar assim que eles saíram. Ela foi até Jule e a abraçou, cheirando a café e jasmim. As duas ficaram daquele jeito por um longo tempo.

Immie e Forrest saíram de carro vinte minutos depois, dizendo que precisavam conversar. Brooke ficou no quarto.

Jule se exercitou e depois passou a manhã sozinha. No almoço, comeu duas torradas com creme de chocolate com avelã e tomou suco de laranja com proteína em pó. Estava lavando a louça quando Brooke desceu arrastando a mala.

— Vou cair fora — ela disse.

— Agora?

— Não preciso desse drama. Vou pra casa, em La Jolla. Meus pais vão dizer: "Brooke, você deveria arrumar um estágio! Trabalho voluntário! Voltar para a faculdade!". Vai ser bem irritante, mas, na verdade, estou com um pouco de saudade disso. — Ela virou abruptamente e entrou na cozinha. Abriu a porta da despensa e pegou duas caixas de biscoitos e um saco de salgadinho, então enfiou tudo na mochila. — A comida da balsa é um lixo — ela disse. — Tchau.

Imogen voltou à noite. Ela foi falar com Jule no deque.

— Onde está Forrest? — Jule perguntou.

— Subiu para o escritório. — Immie sentou e tirou as sandálias. — O funeral do Scott vai ser no próximo fim de semana.

— Brooke foi embora.

— Eu sei. Ela me mandou uma mensagem.

— Ela levou todos os biscoitos.

— Brooke...

— Ela disse que você não ia se importar.

— Eu não estava guardando pra nenhuma ocasião especial. — Imogen levantou e foi até o interruptor acender as luzes da piscina. A água se iluminou. — Acho que devíamos ir embora daqui. Sem Forrest.

Sim.

Seria mesmo assim tão fácil? Ter Immie só para si?

— Podemos partir de manhã — Imogen continuou.

— Tá. — Jule fingiu indiferença.

— Vou arrumar um voo pra gente. Você entende. Preciso sair daqui, passar um tempo longe dos homens.

— Não preciso ficar aqui — disse Jule, radiante. — Não preciso ficar em lugar nenhum.

— Tenho uma ideia — disse Imogen, em tom conspiratório. Ela se espreguiçou no sofá. — Uma ilha chamada Culebra. Fica em Porto Rico. — Immie tocou o braço de Jule. — E não se preocupe com dinheiro. Passagens, hotel, tratamentos de spa... Tudo por minha conta.

— Sou toda sua — disse Jule.

7

PRIMEIRA SEMANA DE SETEMBRO, 2016

MENEMSHA, MARTHA'S VINEYARD, MASSACHUSETTS

Dois dias antes de morrer, Scott estava limpando a piscina quando Jule voltou de sua corrida matinal. Ele estava sem camisa, com um jeans de cintura baixa. Passava a rede na água.

Ele deu um bom-dia animado quando ela passou. Immie e Forrest ainda não tinham acordado. O carro alugado de Brooke não estava na entrada. Jule pegou as coisas que havia separado mais cedo e pendurou no gancho ao lado do chuveiro externo. Então entrou embaixo da água.

Ela tomou banho, depilou as pernas e pensou em Scott. Ele era muito, muito bonito. Ficou pensando sobre como ele se exercitava e em seus pagamentos em dinheiro. Como havia se tornado um cara que lavava a privada e cortava a grama dos outros? Parecia o grande herói que se vê em todos os filmes de ação. Provavelmente poderia ter a maior parte das coisas que quisesse sem muito esforço. Não havia nada que o puxasse para baixo, mas lá estava ele. Limpando.

Talvez gostasse daquilo. Talvez não.

Quando ela desligou o chuveiro, Scott e Imogen estavam conversando no deque.

— Você precisa me ajudar — ele disse em voz baixa.

— Não, na verdade não preciso.

— Por favor.

— Não posso me envolver.

— Você não precisa se envolver. Vim te pedir ajuda porque confio em você.

Immie suspirou.

— Você me procurou porque tenho uma conta bancária.

— Não é isso. Nós temos uma ligação.

— Oi?

— Todas aquelas tardes na minha casa. Nunca pedi nada. Você foi até lá porque quis.

— Não vou à sua casa há uma semana — disse Imogen.

— Sinto sua falta.

— Não vou pagar sua dívida. — A voz de Imogen era firme.

— Só preciso de um empréstimo. Até esses caras saírem do meu pé.

— Não é uma boa ideia — ela disse. — É melhor você ir ao banco. Ou sacar com o cartão de crédito.

— Não tenho cartão de crédito. Esses caras... eles não estão brincando. Deixaram bilhetes no meu carro. Eles...

— Você não deveria ter se metido com jogo — retrucou Immie. — Achei que fosse mais esperto.

— Não pode me adiantar o suficiente pra pagar essa dívida? Depois não precisa mais me ver. Eu trabalho e desapareço, juro.

— Há um minuto você estava falando da ligação que temos. Agora me diz que vai desaparecer?

— Só tenho uma nota de cinco na carteira — suplicou Scott. — Nada mais.

— E sua família?

— Meu pai se mandou há muito tempo. Minha mãe teve câncer quando eu tinha dezessete — contou Scott. — *Não tenho ninguém.*

Immie ficou em silêncio por um instante.

— Sinto muito. Não sabia disso.

— Por favor, Immie. Minha linda.

— Nem comece. Forrest está lá em cima.

— Se você me ajudar, posso ficar quieto.

— É uma ameaça?

— Estou pedindo a ajuda de uma amiga pra pagar uma dívida, só isso. Dez mil dólares não é nada pra alguém como você.

— Por que está devendo dinheiro? Em que apostou?

— Briga de cachorros — Scott murmurou.

— Não. — Immie parecia chocada.

— Eu tinha uma boa cadela.

— Isso é crime. E um absurdo.

— Tinha ouvido falar de uma cadela resgatada; era uma verdadeira lutadora. Conheço um cara que às vezes organiza brigas. Ele tem alguns pit bulls. Não foi, sei lá, uma coisa organizada.

— Se o cara organiza brigas, é claro que foi organizado. Existem leis contra isso. É cruel.

— A cadela gostava de brigar.

— Não fala isso — disse Imogen. — Não fala. Se alguém a tivesse adotado e a tratado bem, ela teria…

— Você não a viu — disse Scott, com petulância. — De qualquer modo, ela perdeu. E interrompi a briga antes que ela se machucasse muito, porque o dono do cachorro pode fazer isso. Ela estava... A briga não foi como eu achei que seria.

Jule permaneceu imóvel, protegida pela parede. Não ousou se mover.

— Isso significa que perdi o dinheiro de todos os caras que apostaram nela — Scott continuou. — Eles disseram que eu devia ter deixado a cadela brigar até a morte. Eu disse que o dono pode interromper a briga. Eles disseram: "É, mas ninguém faz isso, porque fode com todo mundo que apostou no cachorro dele". — Scott estava chorando. — Agora eles querem o dinheiro de volta. O cara que organizou a briga também quer receber o que investiu. Ele falou que as pessoas reclamaram, que eu arruinei o negócio porque... Estou com medo, Imogen. Não sei de que outra maneira consertar isso.

— Me deixa explicar a situação pra você — Imogen disse devagar. — Você é meu jardineiro, meu faxineiro, o cara que cuida da piscina. Você trabalha aqui. Faz um bom trabalho e é um cara legal de ter por perto de vez em quando. Isso não quer dizer que eu tenha qualquer obrigação de ajudar quando você faz uma coisa ilegal e imoral com uma pobre cachorra indefesa.

Jule começou a suar.

O modo como Imogen disse *meu jardineiro, meu faxineiro, o cara que cuida da piscina*. Foi tão frio. Jule nunca havia visto Imogen cara a cara com alguém que desprezasse até então.

— Então não vai me ajudar? — ele perguntou.

— A gente mal se conhece.

— Como assim? Você foi à minha casa todos os dias por várias semanas.

— Eu nunca soube que você gostava de ver cachorros

brigando até se matarem. Nunca soube que apostava. Nunca soube que era tão idiota e cruel. Pra mim, você não passava de um cara que limpava minha casa. Acho que é melhor você ir agora — ela disse. — Posso arranjar outra pessoa para esfregar o chão.

Immie estava mentindo para Forrest. E para Jule. Inventara histórias sobre seu paradeiro durante as tardes. Mentira sobre o motivo de chegar em casa de cabelo molhado e de estar cansada, sobre onde havia feito compras, sobre jogar tênis com Brooke.

Brooke. Ela devia saber sobre Scott. As duas muitas vezes chegavam em casa juntas com raquetes e garrafas de água, falando sobre os jogos, que provavelmente nunca tinham existido.

Scott saiu sem dizer mais nada. Um minuto depois, Immie bateu na porta do chuveiro.

— Sei que você está aí, Jule.

Ela respirou fundo.

— Por que fica ouvindo a conversa dos outros assim? — Immie gritou.

Jule ajustou a toalha em volta do corpo e abriu a porta.

— Eu estava me secando. Você apareceu aqui fora. Não sabia o que fazer.

— Você sempre está à espreita. Espionando. Ninguém gosta disso.

— Já entendi. Agora posso me vestir, por favor?

Imogen se afastou.

Jule quis ir atrás dela e dar um tapa em sua cara mentirosa e linda.

Queria se sentir íntegra e forte, não constrangida e traída.

Mas teria que destilar aquela raiva de outra forma.

Pegou seu maiô e os óculos de natação no gancho. Nadou um quilômetro e meio na piscina.

Depois, nadou mais um quilômetro e meio. Nadou até ficar com os braços trêmulos.

Finalmente, deitou sobre uma toalha no deque de madeira. Virou o rosto para o sol e não sentiu nada além de cansaço.

Imogen saiu pouco depois. Segurava uma tigela com muffins quentinhos com gotas de chocolate.

— Eu que fiz — ela disse. — Para me desculpar.

— Você não precisa se desculpar — disse Jule, sem se mexer.

— Disse coisas desagradáveis. E menti para você.

— Como se eu me importasse.

— Você se importa.

Jule não respondeu.

— Sei que se importa. Não deveria existir mentiras entre nós. Você me entende muito melhor que Forrest. Ou Brooke.

— Acho que sim. — Jule não conseguiu se segurar. Deu um sorriso.

— Você tem direito de estar brava. Eu errei. Sei disso.

— Também acho que sim.

— Acho que tudo isso foi um meio de afastar Forrest. Faço isso quando me canso dos caras. Eu traio. Sinto muito por não ter contado. Não estou orgulhosa do que fiz.

Imogen colocou os muffins perto do ombro de Jule e se deitou no deque. Seus corpos ficaram paralelos.

— Quero me sentir em casa em algum lugar e quero fugir — Immie continuou. — Quero estar conectada e quero afastar as pessoas. Quero estar apaixonada e escolho caras dos quais nem sei se gosto tanto. Ou os amo e estrago tudo, talvez de propósito. Nem sei o que é. Quão maluca eu sou?

— Meio maluca — Jule disse, rindo. — Mas nada de muito dramático. Em uma escala de um a dez, tipo sete, eu diria.

Elas ficaram em silêncio por mais um minuto.

— Mas sete deve ser comum — Jule acrescentou.

— Posso comprar seu perdão com muffins? — Immie perguntou.

Jule pegou um e deu uma mordida.

— Scott é lindo — ela disse, engolindo. — O que você podia fazer? Ficar só observando enquanto um cara como ele limpa a piscina? Você é obrigada por lei a tomar uma atitude.

Imogen suspirou.

— Por que ele tinha que ser tão gostoso? — Ela pegou na mão de Jule. — Fui uma cretina. Você me desculpa?

— Sempre.

— Você é um doce. Vamos fazer compras agora! — ela disse, como se as duas estivessem prestes a fazer algo muito divertido.

— Estou cansada. Brooke vai com você.

— Não quero ir com ela.

Jule levantou.

— Não fale para o Forrest que estamos saindo — Immie disse.

— Não vou falar.

— É claro que não vai. — Imogen sorriu para Jule. — Sei que posso contar com você. Não vai dizer nadinha pra ele, né?

6

FIM DE JUNHO, 2016

MARTHA'S VINEYARD, MASSACHUSETTS

Onze semanas antes de Immie fazer os muffins, Jule estava na praia de Moshup sem ter levado toalha nem biquíni. O sol brilhava e o dia estava quente. Depois da longa caminhada desde o estacionamento, ela andou na beira da praia. Enormes penhascos de cores chocolate, pérola e ferrugem se agigantavam sobre ela. A terra rachada era levemente macia.

Jule tirou os sapatos e ficou parada com os pés no mar. A menos de cinquenta metros de distância, Imogen e um cara se acomodavam. Não tinham cadeiras, mas ele tirou de uma bolsa uma toalha, revistas e um isopor pequeno.

Os dois jogaram as roupas na areia, passaram protetor solar e beberam de latas que tiraram do isopor. Imogen se deitou sobre a toalha para ler. O cara recolheu pedras e as empilhou, construindo uma delicada escultura sobre a areia.

Jule foi na direção deles. Quando chegou mais perto, gritou:

— Immie, é você?

Imogen não virou, mas o cara cutucou seu ombro.

— Ela está te chamando.

— Imogen Sokoloff, não é? — Jule disse, parando ao lado deles. — Sou eu, Jule West Williams. Lembra?

Imogen apertou os olhos e sentou. Procurou os óculos escuros na sacola e os colocou.

— Estudamos juntas — Jule continuou. — Na Greenbriar.

Immie era uma visão especial, ela pensou. Pescoço alongado e maçãs do rosto pronunciadas, apesar de magra e fraca.

— É mesmo? — ela perguntou.

— Só uma parte do primeiro ano. Depois fui transferida — disse Jule. — Mas me lembro de você.

— Desculpe, como é mesmo seu nome?

— Jule West Williams — ela repetiu. Quando Imogen franziu a testa, acrescentou: — Eu estava um ano atrás de você.

Immie sorriu.

— Que bom reencontrar você. Este é meu namorado, Forrest.

Jule ficou meio sem jeito. Forrest estava fazendo um coque. Havia uma cópia da *New Yorker* ao seu lado.

— Quer uma bebida? — ele perguntou, surpreendentemente amigável.

— Obrigada. — Jule se ajoelhou sobre a toalha e aceitou uma lata de coca zero.

— Você parece estar indo para algum lugar — disse Imogen. — Com essa mochila e carregando os sapatos.

— Ah, eu...

— Não tem roupas de praia?

Jule não pensou em nada mais interessante para dizer, e acabou contando a verdade.

— Vim pra cá por impulso — ela disse. — Às vezes faço isso. Não tinha planejado passar o dia na praia.

— Tenho um biquíni a mais na sacola — disse Imogen, de repente calorosa. — Quer nadar com a gente? Está um baita calor. Tenho que entrar na água agora ou vou ter uma insolação e o Forrest vai precisar me carregar o caminho todo de volta. — Ela passou os olhos sobre o corpo estreito do namorado. — Não sei se ele dá conta. E aí? Quer?

Jule ergueu as sobrancelhas.

— Acho que vou aceitar.

Imogen tirou um biquíni da sacola e entregou a Jule. Era branco e bem pequeno.

— Veste por baixo da saia e nos vemos na água.

Ela e Forrest correram para o mar rindo.

Jule vestiu algo de Imogen pela primeira vez.

Com o biquíni de Immie, ela mergulhou sob as ondas e saiu se sentindo miraculosamente feliz. O dia estava radiante e parecia impossível não ficar grata por estar no mar, olhando para o horizonte, enquanto a água salgada batia em seu corpo. Forrest e Immie não falavam muito, mas pulavam as ondas, gritando e rindo. Quando se cansavam, ficavam na ponta dos pés depois de onde as ondas quebravam, saltando de leve e deixando a água carregá-los para cima e para baixo.

— Lá vem uma grandona.

— A que vem depois é ainda maior. Ali, tá vendo?

— Ah, droga. Quase morri, mas que delícia!

Quando os três já estavam com os dedos azuis e tremendo, voltaram para a toalha de Imogen, e Jule se viu sentada no meio. Forrest estava de um lado, enrolado em uma toalha com estampa náutica, e Imogen estava do outro, com o rosto virado para o sol, ainda coberta de gotas de água.

— Para onde você foi depois da Greenbriar? — Imogen perguntou.

— Minha tia e eu saímos de Nova York depois que me expulsaram — Jule disse.

— Eles não expulsaram você — Imogen disse em um tom divertido. Forrest largou a revista.

— Expulsaram, sim. — Os dois estavam interessados. — Por prostituição. — Jule disse.

Imogen ficou chocada.

— Brincadeira.

Imogen começou a rir baixo e devagar, cobrindo a boca com a mão.

— Tina sei-lá-o-quê ficava puxando minha calcinha e me dizendo umas merdas no vestiário — explicou Jule. — Um dia, bati a cabeça dela contra a parede. A garota precisou tomar pontos.

— Era aquela de cabelo enrolado? Uma alta? — perguntou Imogen.

— Não. Uma mais baixa que ficava seguindo a amiga.

— Acho que não lembro dela.

— Melhor pra você.

— E você bateu mesmo a cabeça dela na parede?

Jule confirmou.

— Sou uma guerreira. Tenho certo talento pra coisa.

— Guerreira? — Forrest perguntou.

— Uma lutadora. Não por diversão, mas… você sabe. Autodefesa. Combater o mal. Proteger Gotham City.

— Não acredito que não fiquei sabendo que você mandou uma menina para o hospital — disse Imogen.

— Eles abafaram o caso. Tina não quis falar sobre isso por

conta do que havia feito comigo *antes*, sabe? E pegava mal para a Greenbriar. Meninas brigando. Foi um pouco antes da apresentação de inverno — disse Jule. — Quando todos os pais dão as caras. Eles me deixaram cantar e depois me expulsaram. Quando aquela Fulana Caraway fez um solo, lembra?

— Ah, sim. Peyton Caraway.

— Cantamos uma música do Gershwin.

— E "Rudolph" — completou Imogen. — A gente já era meio velho pra fazer aquilo. Foi ridículo.

— Você usou um vestido de veludo azul com pregas na frente.

Imogen colocou as mãos sobre os olhos.

— Não acredito que você lembra daquele vestido! Minha mãe sempre me obrigava a usar coisas assim nos feriados, mas nem comemorávamos o Natal. Era como se ela estivesse vestindo uma boneca.

Forrest cutucou o ombro de Jule.

— Então você deve começar a faculdade no outono.

— Terminei o colégio antes, na verdade. Já estou na faculdade há um ano.

— Onde?

— Stanford.

— Você conhece Ellie Thornberry? — Imogen perguntou. — Ela estuda lá.

— Acho que não.

— Walker D'Angelo? — Forrest disse. — Ele faz história da arte.

— Forrest já terminou a faculdade — Imogen disse. — Mas pra mim era como estar nos corredores do inferno, então larguei.

— Você nem chegou a tentar de verdade — disse Forrest.

— E você está parecendo o meu pai.

— Ah, coitadinha.

Immie colocou os óculos escuros.

— Forrest está escrevendo um livro.

— De que tipo? — Jule perguntou.

— Uma mistura de Samuel Beckett com Hunter Thompson — explicou Forrest. — E sou muito fã do Pynchon, então é uma influência inevitável.

— Boa sorte com isso — disse Jule.

— Falou a guerreira — disse Forrest. — Acho que gostei dela, Imogen.

— Ele curte mulheres geniosas — ela disse. — É uma de suas poucas qualidades.

— E *nós*, gostamos *dele*? — Jule perguntou.

— Nós o toleramos, porque ele é bonito — respondeu Immie.

Eles estavam com fome e caminharam até as lojas de Aquinnah. Tinha um aglomerado de barraquinhas ali. Forrest pediu três saquinhos de batata frita.

Immie abriu um sorriso grande para o cara atrás do balcão e disse:

— Você vai rir de mim, mas preciso de, tipo, umas quatro rodelas de limão no chá gelado. Sou louca por limão. Pode colocar pra mim?

— Limão? — perguntou o cara.

— Quatro rodelas — disse Immie. Ela apoiou os cotovelos no balcão e se inclinou para a frente, na direção dele.

— É claro — o cara disse.

— Você está rindo do meu limão — ela disse.

— Não estou.

— Está rindo por dentro.

— Não mesmo. — Ele já tinha fatiado o limão e colocado sobre o balcão em um copo de papel vermelho e branco.

— Então obrigada por levar meu limão a sério. — Ela pegou uma das rodelas e colocou na boca, mordendo para espremer o suco. Então disse com a boca cheia: — É muito importante que os limões sejam respeitados. Faz com que se sintam valorizados.

Eles sentaram em uma mesa entre o estacionamento e o mar. Algumas pessoas soltavam pipa mais para a frente. Ventava muito. A mesa era de um cinza desgastado e estava bamba. Imogen pegou uma ou duas batatinhas e depois tirou uma banana da sacola e a comeu.

— Você está sozinha? — Immie perguntou. — Em Martha's Vineyard?

Forrest havia aberto sua cópia da *New Yorker*. Estava levemente virado para o outro lado.

Jule confirmou.

— Sim. Eu saí de Stanford. — Ela contou a história do técnico tarado e da perda da bolsa de estudos. — Não quero voltar para casa. Não quero falar com a minha tia.

Immie se aproximou.

— Você mora com ela?

— Não. Não estou mais falando com a minha família.

Forrest riu.

— Nem Imogen.

— Estou sim — ela disse.

— Não, não está — ele disse.

Jule olhou nos olhos dela.

— Temos isso em comum, então.

— É, acho que sim. — Immie jogou a casca da banana no lixo. — Ei, venha para a nossa casa. Podemos nadar na piscina e você janta lá. Vamos receber umas pessoas que conhecemos há umas semanas. Vai ter um churrasco. Você não vai acreditar no tamanho da casa. Fica em Menemsha.

Jule hesitou, mas acabou topando.

Imogen sentou mais perto e alinhou os pés aos dela.

— Vai ser divertido — ela a incitou. — Não converso com uma garota há séculos.

A casa tinha pé-direito enorme e janelas tão grandes que as atividades cotidianas pareciam receber espaço e luz extras. As bebidas pareciam mais efervescentes e mais geladas do que quaisquer outras que Jule já tivesse tomado.

Os três ficaram na piscina e usaram o chuveiro externo. Os amigos que Imogen mencionara chegaram para jantar, mas Jule já percebia que era diferente deles, pelo modo como Imogen a chamava para olhar os bifes na churrasqueira e como sentava no deque, encolhida aos pés dela. Quando os outros convidados estavam indo embora, Imogen disse que ela devia passar a noite lá, em um dos quartos de hóspedes. Eles ofereceram uma carona para Jule de volta ao hotel, pelas agora escuras estradas da ilha.

Ela recusou.

Immie a acompanhou até um quarto no segundo andar. Tinha uma cama grande, cortinas brancas esvoaçantes e, estranhamente, um pequeno cavalo de balanço antigo e uma coleção de cata-ventos sobre uma grande escrivaninha de madeira. Jule dormiu o sono profundo que vem depois de um longo dia de sol.

Na manhã seguinte, um Forrest mal-humorado a levou de carro para o hotel para pegar seus pertences. Quando Jule voltou com a mala, Immie tinha colocado quatro vasos de flores no quarto. *Quatro*. Também deixara livros na mesa de cabeceira: *A feira das vaidades*, de Thackeray, e *Grandes esperanças*, de Dickens, além de um guia de Martha's Vineyard.

Assim começou uma série de dias que se fundiam um ao outro. Pessoas que Immie conhecia na praia ou na feira de antiguidades e ficava instantaneamente amiga circulavam pela casa. Nadavam na piscina, ajudavam a preparar a comida e riam muito. Eram todos jovens: garotos bonitos e fracos e garotas bonitas e escandalosas. A maioria era engraçada e pouco atlética, falante e sempre alcoolizada, universitários ou estudantes de arte. Tinham históricos e orientações sexuais diferentes. Imogen era uma filha de Nova York: tinha a mente aberta de uma forma que Jule só tinha visto na televisão, demonstrava sempre muita confiança em sua própria desejabilidade como amiga e anfitriã.

Jule demorou uns dois dias para se ajustar, mas logo se sentiu confortável. Encantava aquelas pessoas com histórias sobre Greenbriar, Stanford e, em menor número, Chicago. Discutia alegremente quando queriam discutir. Trocava olhares com elas, esquecia seus nomes e deixava que percebessem isso, porque o esquecimento fazia com que a admirassem e quisessem que ela se lembrasse delas. No início, mandava fotos para Patti Sokoloff e escrevia e-mails loquazes e esperançosos, mas não demorou muito para ignorá-la da mesma forma que Imogen fazia.

Immie fazia com que ela se sentisse querida. A alegria dessa sensação preenchia os seus dias.

Um dia, quando já estava morando lá fazia duas semanas, Jule se viu sozinha pela primeira vez. Forrest e Immie tinham saído para almoçar juntos. Ela queria experimentar um novo restaurante.

Jule comeu o que havia na geladeira na frente da televisão e foi para o andar de cima. Parou na porta do quarto de Immie por um instante e olhou para dentro.

A cama estava arrumada. Sobre a mesinha, havia livros, um creme para as mãos, a caixa dos óculos de Forrest e um carregador. Jule entrou e abriu um vidro de perfume, passou um pouco e esfregou os pulsos.

No armário, havia um vestido que Imogen sempre usava. Era longo, verde-escuro, feito de algodão fino, com um profundo decote em V que impossibilitava o uso de sutiã. Immie quase não tinha peito, então não fazia diferença.

Sem pensar, Jule tirou o short de corrida e a camiseta desbotada de Stanford, depois o sutiã.

Colocou o vestido de Immie e encontrou um par de sandálias. A coleção de oito anéis em forma de animais estava em cima da cômoda.

Havia um espelho de corpo inteiro com moldura de prata apoiado na parede. Jule se olhou. Seus cabelos estavam presos em um rabo de cavalo, mas, fora isso, com a pouca luz do quarto, ela parecia Imogen. *Quase.*

Então era aquela a sensação. De sentar na cama de Imogen. Usar seu perfume e seus anéis.

Immie deitava naquela cama à noite, ao lado de Forrest, mas ele era substituível. Immie usava aquele creme nas mãos, marcava a página do livro com aquele marcador. Pela manhã, abria os olhos e via aqueles lençóis verde-azulados e aquela pintura do mar. Era aquela a sensação de saber que aquela casa enorme era dela, de nunca se preocupar com dinheiro ou sobrevivência, de se sentir amada por Gil e Patti.

De estar lindamente vestida sem esforço.

— O que é isso?

Immie estava na porta. Vestia short jeans e um moletom com capuz de Forrest. Seus lábios brilhavam com um batom vermelho que ela não costumava usar. Não parecia muito com a Imogen que Jule tinha na cabeça.

A vergonha tomou conta de Jule, mas ela sorriu.

— Achei que não teria problema — ela disse. — Eu precisava de um vestido. Um cara acabou de me chamar pra sair.

— Que cara?

— O cara de Oak Bluffs, aquele com quem conversei no carrossel.

— Quando foi isso?

— Ele me mandou uma mensagem há uns minutos perguntando se eu não queria encontrar com ele no jardim de esculturas em meia hora.

— Não importa — disse Immie. — Você pode fazer o favor de tirar minhas roupas?

O rosto de Jule ficou quente.

— Achei que você não fosse se importar.

— Pode tirar?

Jule abaixou a parte de cima do vestido verde de Immie e pegou seu sutiã no chão.

— Está usando meus anéis também? — perguntou Immie.

— Sim. — Não adiantava mentir.

— Por que fez isso?

Jule tirou o vestido e o devolveu ao cabide. Colocou o resto de suas roupas e pôs os anéis de volta na cômoda.

— Acho que não tem nenhum cara te esperando no jardim de esculturas — disse Immie.

— Pode pensar o que quiser.

— O que está acontecendo?

— Sinto muito por ter colocado seu vestido. Não vai acontecer de novo. Tudo bem?

— Tudo bem. — Imogen observou Jule guardando as sandálias no armário e amarrando os tênis. — Tenho uma pergunta — ela disse quando Jule passou por ela em direção ao corredor.

O rosto de Jule ainda queimava. Ela não queria falar.

— Não vire as costas para mim — disse Immie. — Só me responde uma coisa.

— O quê?

— Você está sem grana? — Imogen perguntou.

Sim. Não. Sim. Jule odiava o quanto aquela pergunta a deixava vulnerável.

— Estou — ela finalmente respondeu. — É, estou sem grana nenhuma.

Immie cobriu a boca com a mão.

— Eu não sabia.

E, de repente, Jule estava em vantagem.

— Tudo bem — ela disse. — Posso arrumar um emprego. Quero dizer... ainda não encarei a situação como deveria.

— Eu devia ter percebido — Immie sentou na cama. — Sabia que você não ia voltar para Stanford, e você disse que brigou com sua tia, mas não imaginei que era tão ruim assim. Vi você usar várias vezes as mesmas roupas. Nunca ir no supermercado. Me deixar pagar tudo.

Ah. Então ela deveria ir ao supermercado. Era uma das regras de conduta. Jule ainda não tinha entendido. Mas tudo o que disse a Imogen foi:

— Está tudo bem.

— Não está, não, Jule. Sinto muito. — Immie ficou em silêncio por um instante. Depois disse: — Acho que presumi coisas sobre sua vida que não devia ter presumido. E não perguntei. Não tenho muita experiência nisso.

Jule deu de ombros.

— Você tem sorte.

— Isaac vivia me dizendo que eu tinha pouca perspectiva. Bem... Pode pegar a roupa que quiser.

— Agora vou me sentir meio estranha.

— Não se sinta. — Immie abriu o armário. Estava lotado. — Tenho muito mais do que preciso.

Ela voltou para perto de Jule.

— Vou arrumar seu cabelo. Tem uns grampos aparecendo.

Os cabelos de Jule eram compridos. Na maior parte do tempo, estavam presos. Ela abaixou a cabeça e Immie prendeu alguns grampos meio soltos perto do pescoço.

— Você devia cortar curto — ela disse. — Ia ficar bom. Mas não tão curto como o meu. Um pouco mais comprido na franja, e mais leve perto das orelhas.

— Acho que não.

— Posso levar você no cabeleireiro amanhã, se quiser — Immie insistiu. — Eu pago.

Jule sacudiu a cabeça.

— Me deixe fazer algo por você — disse Immie. — Você merece.

No dia seguinte, Jule se sentiu leve em Oak Bluffs sem o peso dos cabelos. Era bom ter Imogen cuidando dela. Emprestando o gloss depois do corte. Levando-a para comer em um restaurante com vista para o porto. Em seguida, elas entraram em uma loja de bijuterias vintage.

— Quero ver o anel mais diferente que você tem aqui — Immie disse.

O vendedor percorreu a loja e separou alguns em uma bandeja de veludo. Imogen os tocou com admiração. Escolheu um de jade em forma de serpente, pagou e entregou a caixinha azul a Jule.

— Este é pra você.

Ela a abriu de imediato e o colocou no anelar da mão direita.

— Sou muito nova para me casar — disse. — Não comece a ter ideias.

Immie riu.

— Eu te amo — ela disse casualmente.

Era a primeira vez que Immie falava em *amor*.

No dia seguinte, Jule pegou o carro emprestado para pegar gás para a churrasqueira na loja de ferragens do outro lado da ilha. Ela comprou algumas coisas no supermercado também. Quando voltou, Imogen e Forrest estavam agarrados na piscina sem roupa nenhuma.

Jule ficou olhando os dois pela porta de tela.

Era tão estranha a imagem dos dois transando. Os cabelos longos e molhados de Forrest caíam sobre os ombros. Seus óculos estavam na beira da piscina, e seu rosto parecia apagado e vazio sem eles.

Parecia impossível. Jule tinha certeza de que Imogen não podia realmente amar ou desejar Forrest. Era apenas a ideia de um namorado, um símbolo. Embora não soubesse, ele era tão temporário quanto as pessoas que apareciam para jantar e nunca mais voltavam. Forrest não ouvia os segredos de Immie. Não era amado. Jule nunca acreditou que Imogen pudesse agarrar seu rosto e beijá-lo, parecer ávida, louca por ele, como naquele momento. Ela não acreditava nem que ficava nua na frente dele, tão vulnerável.

Forrest a viu.

Jule recuou, esperando que ele gritasse ou ficasse constrangido, mas Forrest só disse a Immie, como se falasse de uma criança:

— Sua amiguinha está aqui.

Imogen virou a cabeça e disse:

— Tchauzinho, Jule. Nos vemos mais tarde.

Ela se virou e correu para o andar de cima.

Horas depois, Jule desceu. Ouviu um podcast tocando na cozinha, sinal de que Imogen devia estar lá, e de fato a encontrou fatiando abobrinhas para grelhar.

— Precisa de ajuda? — Jule perguntou. Ela estava muito constrangida. O fato de ter testemunhado aquela cena era excruciante. Podia estragar tudo.

— Desculpe pelo showzinho — Imogen disse rapidamente. — Você se importa de picar uma cebola roxa?

Jule pegou uma.

— Eu tinha duas amigas da faculdade que namoravam — Imogen continuou falando. — Quando comprei meu apartamento em Londres, elas tinham acabado de se assumir, e decidiram passar agosto inteiro na minha casa, longe da família. Peguei as duas *mandando ver* no chão da cozinha um dia, totalmente peladas, gemendo. Devo ter entrado bem na hora H. Pensei: *meu Deus, será que vamos conseguir olhar uma na cara da outra de novo?* Tipo, como iríamos para um bar ou sair para comer? Parecia impossível, e eu tive a impressão de que talvez tivesse perdido duas amigas incríveis por ter chegado em casa na hora errada. Mas uma delas falou: "Ah, desculpe pelo showzinho". Caímos na gargalhada e ficou tudo bem. Achei que deveria dizer a mesma coisa caso algum dia me encontrasse na mesma situação.

— Você tem um apartamento em Londres? — Jule olhava para a cebola enquanto a descascava.

— Comprei pra investir — Immie disse. — E meio que por capricho. Eu estava na Inglaterra, fazendo um curso de verão. O cara que cuida do meu dinheiro tinha me aconselhado a investir em imóveis, e eu amo Londres. Foi o primeiro lugar que eu fui ver, uma compra impulsiva no país errado, mas não me arrependo. Fica num bairro muito gracinha, St. John's Wood. — Immie pronunciou com sotaque britânico. — Me diverti muito decorando o apartamento com elas. Passeamos pela cidade e fizemos vários programas turísticos. Vimos a torre de Londres, a troca da guarda, o museu de cera. Vivíamos de biscoitos. Foi antes de eu aprender a cozinhar. Você pode ficar lá quando quiser. Nunca mais usei.

— Devíamos ir juntas — Jule disse.

— Ah, você ia adorar. As chaves estão bem ali. — Immie disse, então apontou para a bolsa que estava sobre a bancada da cozinha. — Poderíamos ir amanhã. E talvez devêssemos mesmo. Imagina? Só nós duas em Londres?

Immie adorava pessoas entusiasmadas. Queria que amassem a música que ela amava, as flores que dava, os livros que lia. Queria que se importassem com o cheiro de um tempero ou o sabor de um sal diferente. Não se importava com discordâncias, mas detestava pessoas apáticas e indecisas.

Jule leu os dois livros sobre órfãos que Immie havia colocado em sua mesa de cabeceira, e todo o resto que a amiga levava para ela. Memorizava nomes de vinhos e queijos, passagens de romances, receitas. Era agradável com Forrest. Era brigona, mas ávida por agradar; feminista, mas feminina; raivosa, mas amigável; articulada, mas não dogmática.

Percebeu que a formação de sua pessoa para agradar Imogen era, na verdade, como a corrida. Tinha que dar o seu melhor, quilômetro a quilômetro. Depois de um tempo, desenvolvia uma resistência. E, de repente, virava amor.

Quando Jule já estava na casa de Martha's Vineyard havia cinco semanas, Brooke Lannon apareceu na varanda. Jule abriu a porta.

Brooke entrou e jogou as malas no sofá. Usava uma camisa de flanela azul esfarrapada e velha, e os cabelos loiros e sedosos presos no alto da cabeça.

— Immie, você ainda existe, sua louca! — ela disse quando Imogen entrou na sala. — Todo mundo na Vassar acha que você morreu. Ninguém acreditou quando contei que me mandou uma mensagem semana passada. — Brooke virou e olhou para Forrest. — Esse é o cara? Que...? — Ela deixou um ponto de interrogação no ar.

— Esse é o *Forrest* — disse Immie.

— Forrest! — exclamou Brooke, apertando a mão dele. — Certo, me dá um abraço.

Forrest a abraçou, constrangido.

— Muito prazer.

— É sempre um prazer me conhecer — disse Brooke, depois apontou para Jule. — E quem é essa?

— Não seja desagradável — disse Immie.

— Estou sendo um amor — respondeu Brooke. — Quem é você? — ela perguntou para Jule.

Jule deu um sorriso amarelo e se apresentou. Não sabia que Brooke chegaria. E Brooke claramente também não tinha ouvido falar dela.

— Imogen disse que você é a pessoa preferida dela na Vassar.

— Sou a pessoa preferida de todo mundo na Vassar — disse Brooke. — Mas tive que sair de lá. Eram apenas duas mil pessoas. Preciso de um público maior.

Ela arrastou as malas para o andar de cima e se instalou no segundo melhor quarto de hóspedes.

5

FIM DE JUNHO, 2016

MARTHA'S VINEYARD, MASSACHUSETTS

Cinco semanas antes de Brooke chegar, em seu sétimo dia em Martha's Vineyard, Jule pegou um ônibus de turismo para rodar a ilha. A maioria das pessoas no ônibus era do tipo que gostava de riscar as atrações visitadas de uma lista criada com base em sites de viagem. Eram casais ou grupos de família e amigos, falando alto.

À tarde, chegaram ao farol de Aquinnah, em uma área que, de acordo com o guia, foi habitada primeiro pela tribo wampanoag de Gay Head e depois, nos anos 1600, pelos colonizadores ingleses. O guia começou a falar sobre a caça de baleias e todos saíram do ônibus para observar o farol. Do mirante, era possível ver as colinas coloridas da praia de Moshup, mas para entrar na água era preciso caminhar cerca de oitocentos metros.

Jule se afastou do mirante e foi às lojas de Aquinnah, um aglomerado de pequenos estabelecimentos que vendiam souvenirs, artesanato wampanoag e petiscos. Ela entrou e saiu dos prédios baixinhos, mexendo à toa nos colares e cartões-postais.

Talvez devesse ficar para sempre em Martha's Vineyard. Podia arranjar emprego em uma loja ou academia de ginástica, passar os dias na praia, encontrar um lugar para morar. Podia desistir de chegar a algum lugar, deixar de ser ambiciosa. Podia apenas aceitar a vida que lhe era oferecida naquele momento e ser grata por ela. Ninguém ia incomodá-la. Não precisaria procurar Imogen Sokoloff se não quisesse.

Quando Jule saiu de uma loja, um rapaz deixava o estabelecimento do lado oposto. Ele carregava uma grande sacola de lona. Tinha mais ou menos a idade de Jule, talvez um pouco mais velho. Tinha cintura fina, era magro e nada musculoso, mas gracioso e relaxado, com o nariz levemente curvado e uma bela estrutura óssea. Seus cabelos castanhos estavam presos em um coque. Ele usava uma calça preta de algodão tão comprida que tinha a barra desfiada, chinelos e uma camiseta com a inscrição PEIXARIA DO LARSEN.

— Não sei por que você quer entrar aí — ele gritou para quem o acompanhava, que, presumia-se, ainda estava dentro da loja. — Não faz nenhum sentido comprar coisas que não têm utilidade.

Não houve resposta.

— Immie! Vamos. Vamos para a praia — o rapaz gritou.

E lá estava ela.

Imogen Sokoloff. De cabelos curtos e ares de fada, mais loira do que nas fotos, mas não havia dúvida de sua identidade. Seu rosto não havia mudado.

Ela saiu da loja com a maior tranquilidade, como se Jule não estivesse esperando e procurando por ela fazia dias. Estava encantadora e, mais do que isso, em paz. Como se seu encanto deixasse a vida fácil.

Jule meio que esperava que Imogen a reconhecesse, o que não aconteceu.

— Você está tão mal-humorado hoje — Immie disse para o cara. — Fica um saco assim.

— Você nem comprou nada — ele disse. — Quero ir para a praia.

— A praia não vai a lugar nenhum — disse Imogen, revirando a bolsa. — E eu comprei uma coisa.

O cara suspirou.

— O quê?

— É pra você — ela disse. Imogen tirou da bolsa um pacotinho e entregou para ele. O cara arrancou a fita e puxou uma pulseira de tecido.

Jule esperava que o cara se irritasse, mas, em vez disso, ele sorriu. Colocou a pulseira e enfiou o rosto no pescoço de Imogen.

— Adorei — ele disse. — É perfeita.

— É uma besteira qualquer — ela disse. — Você odeia esse tipo de coisa.

— Mas gosto de presentes — o cara disse.

— Eu sei.

— Vamos lá — ele disse. — A água deve estar perfeita. — Os dois atravessaram o estacionamento até o caminho que levava à praia.

Jule olhou para trás. O guia turístico acenava para a multidão, avisando para voltarem para o ônibus. A partida estava programada para acontecer em cinco minutos.

Ela não tinha outra forma de voltar para o hotel. Seu celular estava quase sem bateria e não sabia se conseguiria chamar um táxi daquela parte da ilha.

Não importava. Tinha encontrado Imogen Sokoloff.

Deixou o ônibus partir sem ela.

4

TERCEIRA SEMANA DE JUNHO, 2016

MARTHA'S VINEYARD

Uma semana antes, um guarda parou Jule no aeroporto.

— Se quiser levar essa mala como bagagem de mão, vai ter que jogar os produtos fora — o homem disse a ela. Ele tinha o pescoço flácido e usava uniforme azul. — Não viu o aviso? O máximo permitido é cem mililitros.

O guarda estava vasculhando a mala de Jule com luvas de látex azul. Jogou fora seu xampu, o condicionador, o filtro solar e a loção corporal.

— Vou passar de novo — ele disse, fechando o zíper da mala. — Agora deve estar tudo bem. Espere aqui.

Ela esperou. Tentou fingir que era alguém que sabia como transportar líquidos em aviões e só tivesse esquecido, mas suas orelhas ficaram quentes. O desperdício a irritou. Sentiu--se pequena e inexperiente.

O avião estava lotado, os assentos desgastados pelos anos de uso, mas Jule gostou do voo. A vista era empolgante. Não havia nuvens no céu. O mar tocava a costa, marrom e verde.

O hotel ficava do lado oposto ao porto, em Oak Bluffs. Era uma construção vitoriana com molduras brancas. Jule deixou a mala no quarto e caminhou algumas quadras até a Circuit Avenue. A cidade estava cheia de turistas. Havia algumas lojas com roupas bonitas. Jule precisava de roupas; tinha os cartões pré-pagos da Visa e sabia o que ficava bem nela, mas hesitou.

Observou as mulheres que passavam. Vestiam jeans ou saia de algodão e sandálias abertas. Cores apagadas e azul-marinho. As bolsas eram de tecido, não de couro. O batom era nude e rosa, nunca vermelho. Algumas usavam calça branca e alpargata. O sutiã nunca aparecia. Os brincos eram bem pequenos.

Jule tirou as argolas e guardou na bolsa. Voltou para as lojas onde comprou uma calça jeans, três regatas de algodão, um cardigã longo, alpargatas, um vestidinho branco e uma bolsa de lona com estampa de flores cinza. Pagou com o cartão e tirou dinheiro na máquina.

Parada na esquina, transferiu o documento de identidade, a maquiagem e o celular para a bolsa nova. Ligou para a operadora e fez o pagamento com o número do Visa. Ligou para sua colega de apartamento, Lita, e deixou uma mensagem de voz dizendo que sentia muito.

No hotel, Jule se exercitou, tomou banho e colocou o vestido branco. Secou os cabelos e os deixou soltos e ondulados. Precisava encontrar Imogen, mas a tarefa podia esperar até o dia seguinte.

Entrou em um bar especializado em ostras com vista para o porto e pediu um sanduíche de lagosta. Quando chegou, não era o que ela esperava. Não passava de pedaços de lagosta com maionese dentro de um pão de cachorro-quente tostado. Achou que seria algo mais elegante.

Pediu um prato de batatas fritas e comeu no lugar do sanduíche.

Era estranho andar pela cidade sem nenhuma obrigação. Jule acabou em um carrossel. Ficava em um prédio antigo e escuro com cheiro de pipoca. Uma placa dizia que o Cavalos Voadores era "o carrossel mais antigo dos Estados Unidos".

Ela comprou um ingresso. Não estava cheio, havia apenas algumas crianças com irmãos mais velhos. Pais mexiam em seus celulares enquanto aguardavam. A música era antiquada. Jule escolheu um cavalo na parte externa.

Quando começou, notou um cara sentado no cavalinho ao seu lado. Era magro porém forte, com os músculos do ombro e das costas desenvolvidos: talvez alpinista, mas certamente não fazia musculação. Jule imaginou que sua ascendência era meio branca e meio asiática. Tinha cabelos pretos e grossos, que precisavam de um corte. Parecia ter tomado sol.

— Estou me sentindo um idiota neste momento — ele disse quando o carrossel começou a rodar, com um sotaque americano padrão. — Acho que foi uma péssima ideia.

Jule respondeu:

— Como assim?

— Estou enjoado. Começou logo que começamos a rodar. E sou a única pessoa com mais de dez anos desse lugar.

— Além de mim.

— Além de você. Vim neste carrossel uma vez quando era criança, quando minha família passou as férias aqui. Hoje eu estava esperando a balsa e tinha uma hora pra jogar fora, aí pensei: por que não? Em nome dos velhos tempos. — Ele passou a mão na testa. — E você está aqui por quê? Veio trazer alguém?

Jule negou.

— Gosto de carrosséis.

Ele estendeu a mão no espaço que havia entre os dois.

— Meu nome é Paolo Santos. E o seu?

Ela apertou a mão dele com dificuldade, já que os dois cavalos estavam em movimento.

O cara estava indo embora da ilha. Jule estava falando com ele havia um ou dois minutos, depois nunca mais iria vê-lo. Não fazia muito sentido mentir, mas foi puro impulso.

— Imogen Sokoloff.

Foi tão bom dizer aquele nome. Seria incrível, afinal, ser Imogen.

— Ah, você é *Imogen Sokoloff*? — Paolo jogou a cabeça para trás, rindo e levantando as sobrancelhas. — Eu devia ter imaginado. Ouvi dizer que você podia estar em Martha's Vineyard.

— Como assim?

— Na verdade, te dei um nome falso. Parece loucura, eu sei. Mas foi só o sobrenome, eu me chamo mesmo Paolo. Mas não Santos.

— Ah.

— Sinto muito. — Ele passou a mão na testa novamente. — É estranho fazer isso, mas achei que só íamos conversar por alguns minutos. E, às vezes, quando viajo, gosto de ser outra pessoa.

— Tá.

— Sou Paolo Vallarta-Bellstone. Nossos pais estudaram juntos. Acho que você deve saber disso.

Jule arregalou os olhos. Ela tinha ouvido falar de Stuart Bellstone. Era um cara importante das finanças que havia sido preso fazia pouco tempo pelo que os sites estavam chamando de "escândalo das transações da D&G". A foto dele não saía dos jornais dois meses antes, quando o julgamento terminara.

— Joguei golfe com eles várias vezes — Paolo continuou. — Antes de Gil ficar doente. Ele sempre falava de você. Estudou na Greenbriar e depois entrou na... Vassar, não é isso?

— É, mas acabei largando — disse Jule.

— Como assim?

— É uma história longa e tediosa.

— Me conte. Assim você me distrai do enjoo. E prometo não vomitar em você.

— Meu pai diria que me meti com as pessoas erradas e não desenvolvi meu potencial no primeiro semestre — disse Jule.

Paolo riu.

— É bem a cara dele. O que *você* diria?

— Eu diria... que queria uma vida diferente daquela que previam pra mim — Jule disse lentamente. — Vir para cá foi um jeito de conseguir isso.

O carrossel diminuiu a velocidade e parou. Eles desceram dos cavalos e saíram. Paolo pegou uma mochila grande que deixara em um canto.

— Quer tomar um sorvete? — ele perguntou. — Conheço o melhor lugar desta ilha.

Eles caminharam até uma pequena sorveteria. Discutiram sobre pedir cobertura de chocolate ou caramelo, depois concordaram que pedir as duas resolveria o problema. Paolo disse:

— É tão engraçado, você estar aqui neste exato momento. Sinto que quase nos conhecemos um milhão de vezes.

— Como você sabia que eu estava em Martha's Vineyard?

Paolo deu uma colherada no sorvete.

— Você está meio famosa, por ter largado a faculdade e desaparecido, depois reaparecido aqui. Seu pai me pediu pra te ligar quando estivesse na ilha, aliás.

— Ele não fez isso.

— Fez, sim. Gil me mandou um e-mail. Está vendo? Te liguei há seis dias. — Ele pegou um iPhone e mostrou as últimas chamadas.

— Isso é um pouco estranho.

— Não é, não — disse Paolo. — Gil só quer saber como você está. Ele falou que você não estava atendendo o telefone, que tinha largado a faculdade e estava em Martha's Vineyard. Se eu te encontrasse, devia avisar que está tudo bem. Ele me pediu para contar que vai fazer uma cirurgia.

— Eu sei disso. Estive com ele.

— Então meus esforços foram em vão — disse Paolo, dando de ombros. — Não é a primeira vez.

Eles voltaram para o porto e ficaram olhando os barcos.

Paolo falou que estava viajando para fugir da reputação manchada de seu pai e dos problemas da família. Ele tinha terminado o primeiro ano da faculdade em maio e estava pensando em se especializar em medicina, mas queria conhecer o mundo antes de se comprometer. Ia passar uma noite em Boston antes de pegar um avião para Madri. Ele e um amigo fariam um mochilão por um ano ou mais — primeiro Europa e depois Ásia, terminando nas Filipinas.

Sua balsa estava para sair. Paolo beijou Jule rapidamente na boca antes de partir. Ele foi gentil e confiante, não insistente. Seus lábios estavam um pouco grudentos devido à calda do sorvete.

Jule ficou surpresa com o beijo. Não queria que ele a tocasse. Não queria que ninguém a tocasse, nunca. Mas ela gostou quando os lábios carnudos e macios dele roçaram nos seus.

Colocou a mão atrás do pescoço dele e puxou para mais perto, beijando-o de novo. Paolo era lindo, ela pensou. Nem um pouco dominante ou suado. Não era lascivo nem violento. Ou condescendente. Tampouco bajulador. Seu beijo era tão suave que ela teve que se aproximar mais para senti-lo por completo.

Desejou ter dito seu nome verdadeiro.

— Posso te ligar? — ele perguntou. — De novo, quero dizer… E não porque seu pai pediu.

Não, não.

Paolo não podia ligar para Imogen. Se ligasse, perceberia que a garota que havia conhecido não era ela.

— É melhor não — disse Jule.

— Por que não? Vou para Madri e depois sei lá onde, mas

podíamos... só conversar de vez em quando. Sobre calda de chocolate e de caramelo. Ou sobre sua nova vida.

— Eu namoro — Jule disse para que ele parasse de falar.

Paolo ficou chocado.

— Ah. Você tem namorado, óbvio. Bom, você tem meu número — ele disse. — Deixei uma mensagem pra você há um tempo. Você sabe como me encontrar quando se descomprometer. Ou descompromissar, sei lá como fala.

— Não vou ligar — disse Jule. — Mas obrigada pelo sorvete.

Ele pareceu magoado por um instante. Depois sorriu.

— Quando quiser, Imogen.

Ele colocou a mochila no ombro e foi embora.

Jule observou a balsa se afastar do píer. Depois tirou as sandálias e caminhou até a areia. Foi molhar os pés no mar. Sentiu que Imogen Sokoloff teria feito aquilo, teria saboreado a leve sensação de tristeza e a beleza da vista do porto enquanto segurava a barra do lindo vestido branco sobre os joelhos.

3

SEGUNDA SEMANA DE JUNHO, 2016
NOVA YORK

Uma semana antes de ir para Martha's Vineyard, Jule estava com Patti Sokoloff em um deque com vista para o Central Park. O sol havia se posto. O parque era enorme, um retângulo escuro cercado pelas luzes da cidade.

— Eu me sinto como o Homem-Aranha — Jule revelou. — Ele fica sempre olhando pra cidade à noite.

Patti concordou. Seus cachos largos e bem cuidados caíam sobre o ombro. Ela vestia um cardigã longo sobre um vestido creme e sandálias baixas de marca. Seus pés pareciam velhos, com band-aids nos dedos e no calcanhar.

— Immie teve um namorado que veio em uma festa aqui uma vez — ela contou. — Ele falou a mesma coisa sobre a vista. Bom, citou o Batman. Mas a ideia era a mesma.

— Eles não são iguais.

— Eu sei, mas os dois são órfãos — disse Patti. — O Batman perdeu os pais muito cedo. O Homem-Aranha também. Ele mora com a tia.

— Você lê quadrinhos?

— Não. Mas revisei a redação que Immie fez para ser admitida na faculdade umas seis vezes. Dizia que o Homem-Aranha e o Batman remetiam a todos os órfãos dos romances vitorianos que ela gosta de ler. Immie adora esse tipo de história, sabia? É algo em que baseia sua identidade. Algumas pessoas se definem como atletas, defensores da justiça social, atores infantis. Immie se define como leitora de romances vitorianos. Não é uma aluna exemplar — Patti continuou —, mas gosta de literatura. Na redação, escreveu que ser órfão é precondição para a formação de um herói. Também disse que esses personagens de quadrinhos não são simplesmente heróis, mas "indivíduos complicados que fazem concessões morais na mesma tradição que os órfãos das narrativas vitorianas". Acho que foi exatamente assim que ela falou.

— Eu lia quadrinhos no colégio — disse Jule. — Mas em Stanford não tinha tempo.

— Gil cresceu lendo quadrinhos, mas eu não, nem a Immie, na verdade. Os super-heróis foram só uma introdução, para indicar por que os clássicos são importantes para os leitores de hoje. Ela aprendeu a maior parte da história do Batman com o namorado que mencionei.

As duas se viraram para entrar. A cobertura dos Sokoloff era teatral e moderna, repleta de pilhas de livros, revistas e adornos. O piso era todo de madeira clara. Uma empregada trabalhava na cozinha, onde a mesa do café da manhã estava cheia de papéis, frascos de remédio e pacotes de lenços. A sala era centrada em dois grandes sofás de couro. Ao lado de um deles havia um respirador.

Gil Sokoloff não levantou quando Patti levou Jule para dentro. Tinha apenas cinquenta e poucos anos, mas rugas de dor contornavam sua boca, e a pele de seu pescoço estava flácida. O formato de seu rosto era de um europeu oriental, e ele tinha cabelos grisalhos e crespos. Usava calça de moletom e uma camiseta cinza. Seu rosto e seu nariz eram pontilhados por vasos sanguíneos rompidos. Ele se inclinou para a frente devagar, como se o movimento o machucasse, e apertou a mão de Jule, depois apresentou dois cachorros rechonchudos, Snowball e Snowman, e os três gatos de Imogen.

Foram jantar em uma sala formal, Gil arrastando os pés e Patti caminhando devagar ao seu lado. A empregada apareceu com tigelas e pratos, depois os deixou sozinhos. Havia costeletas de cordeiro e risoto de cogumelos. Gil pediu o tanque de oxigênio na metade da refeição.

Quando os queijos chegaram, os três conversaram sobre os cachorros, que Gil e Patti tinham acabado de adotar.

— Eles acabaram com a nossa vida — disse Patti. — Não param de fazer cocô. Gil os deixa fazer até no deque. Acredita nisso? Saio lá de manhã e tem um monte de cocô fedendo.

— Eles já estão chorando pra sair antes da gente acordar — disse Gil, sem parecer se sentir culpado. Ele colocou a máscara de oxigênio de lado para conseguir falar. — O que posso fazer?

— Temos que limpar com água sanitária. A madeira está toda manchada — disse Patti. — É nojento. Mas é isso que se faz quando se ama um animal, acho. Se deixa que ele faça cocô no deque.

— Imogen estava sempre trazendo gatos de rua para casa — disse Gil. — Era um gatinho novo a cada poucos meses na época da escola.

— Alguns não sobreviviam — disse Patti. — Ela os encontrava na rua e eles tinham bronquite ou alguma outra doença. Morriam, e Immie ficava de coração partido. Então ela entrou na Vassar e ficamos com esses carinhas. — Patti acariciou um gato que estava debaixo da mesa de jantar. — Só arrumam confusão, e se orgulham disso.

Como qualquer outra antiga aluna da Greenbriar, Patti tinha histórias de seu tempo de escola.

— Tínhamos que usar meia-calça ou meia comum até o joelho o ano todo — ela disse. — Era muito desconfortável no verão. No ensino médio, no fim da década de 70, algumas garotas iam sem calcinha, só para se refrescar. Meias até o joelho e sem calcinha! — Ela deu um tapinha no ombro de Jule. — Você e Immie tiveram sorte que os uniformes mudaram. Você fazia aula de música? Pareceu tão entusiasmada com Gershwin outro dia.

— Um pouco.

— Lembra da apresentação de inverno?

— É claro.

— Posso até ver você e Imogen, uma do lado da outra. Você era a mais baixinha do nono ano. Todos cantaram músicas natalinas e aquela menina, Caraway, fez um solo. Lembra?

— Lembro.

— Eles iluminaram o salão de baile para as festas, com a árvore em um canto. Tinha uma menorá também, mas só para constar — disse Patti. — Ah, droga. Vou começar a chorar pensando em Immie com aquele vestido de veludo azul com pregas na frente. Comprei só pra ela participar da apresentação.

— Immie me resgatou em meu primeiro dia na Greenbriar — disse Jule. — Alguém trombou comigo na fila do refeitório e espirrou molho de tomate em toda a minha saia. Fiquei lá, olhando para todas aquelas meninas impecáveis, com roupas limpas. Todas já se conheciam. — A história fluiu com facilidade. Patti e Gil eram bons ouvintes. — Como eu poderia sentar à mesa parecendo suja de sangue?

— Ah, coitadinha.

— Immie se aproximou e pegou a bandeja da minha mão. Me apresentou para todas as amigas e fingiu que não estava vendo a sujeira na minha saia. Então as outras fingiram que não viam também. E foi isso — disse Jule. — Ela era uma das minhas pessoas preferidas, mas não mantivemos contato depois que eu me mudei.

Mais tarde, na sala, Gil se acomodou no sofá com seu tubo de oxigênio. Patti apareceu com um grosso álbum dourado.

— Posso mostrar umas fotos?

Elas olharam fotografias antigas. Jule achava Imogen excepcionalmente bonita — baixinha e um pouco travessa. Tinha cabelos claros e bochechas gorduchas com covinhas que depois se transformaram em maçãs do rosto pronunciadas. Na maior parte das fotos, estava em algum lugar interessante.

"Fomos para Paris", Patti dizia, ou "Visitamos uma fazenda", ou "Esse é o carrossel mais antigo dos Estados Unidos". Immie vestia saias rodadas e leggings listradas. Seus cabelos estavam compridos e um pouco despenteados na maioria das fotos. Em outras mais recentes, usava um aparelho nos dentes.

— Ela nunca teve mais nenhuma amiga que fosse adotada depois que você saiu da Greenbriar — disse Patti. — Sempre achei que tinha falhado com ela nesse sentido. — Patti se aproximou. — Você conheceu outras garotas na mesma situação?

Jule respirou fundo.

— Não.

— Sente que seus pais decepcionaram você? — perguntou Patti.

— Sim — Jule disse. — Eles me decepcionaram.

— Sempre penso que deveria ter criado Immie de outra maneira. Feito mais. Conversado sobre as coisas difíceis. — Patti continuou falando, mas Jule não estava ouvindo.

Os pais de Julietta tinham morrido quando ela tinha oito anos. Sua mãe faleceu de uma doença longa e terrível. Logo depois, seu pai cortou os pulsos e sangrou até a morte, nu em uma banheira.

Ela tinha sido criada por outra pessoa, uma tia, em uma casa que era tudo, menos um lar.

Não. Não pensaria mais naquilo. Ia apagar seu passado.

Ia escrever outra história para si mesma, uma nova origem. Em sua versão, a sala era destruída. Na calada da noite. Sim, era isso. Ainda não estava finalizada, mas ela a repassava da melhor forma possível. Viu seus pais no círculo de luz criado pelo poste, mortos no gramado com sangue escurecido se acumulando sob eles.

— Temos que ir direto ao ponto — disse Gil, respirando com dificuldade. — Ela não tem a noite toda.

Patti concordou.

— O que eu não contei, o motivo de termos chamado você aqui, é que Imogen largou a Vassar depois do primeiro semestre.

— Achamos que ela se envolveu com as pessoas erradas — disse Gil. — Ela não desenvolveu todo o seu potencial.

— Bom, ela nunca gostou de estudar — disse Patti. — Não do jeito que você gosta, Jule. De qualquer modo, ela largou a faculdade sem nos avisar e ficou mais de um mês sem entrar em contato. Ficamos muito preocupados.

— *Você* ficou preocupada — disse Gil. Ele se inclinou para a frente. — Eu só fiquei irritado. Imogen é irresponsável. Ela perde o celular ou esquece de ligar. Não é boa com ligações, mensagens, nada disso.

— Acontece que ela foi para Martha's Vineyard — disse Patti. — Íamos o tempo todo para lá, e aparentemente foi para onde fugiu. Disse que alugou uma casa, mas não passou o endereço.

— Por que vocês não vão atrás dela? — perguntou Jule.

— Não posso ir a lugar nenhum — disse Gil.

— Ele faz hemodiálise dia sim, dia não. É exaustivo. E tem que fazer exames — disse Patti.

— Daqui a pouco vou estar segurando meus órgãos numa sacolinha por aí — disse Gil.

Patti se inclinou e deu um beijo no rosto dele.

— Então pensamos que talvez você quisesse ir para Martha's Vineyard. Pensamos em contratar um detetive…

— *Você* pensou nisso — disse Gil. — É uma ideia ridícula.

— Pedimos a alguns amigos da faculdade, mas eles não quiseram interferir — disse Patti.

— O que vocês querem que eu faça? — Jule perguntou.

— Que nos diga como ela está. Não diga que a mandamos, mas envie mensagens para sabermos como estão as coisas — afirmou Patti. — Tente convencer Immie a vir para casa.

— Você não vai trabalhar esse verão, vai? — perguntou Gil. — Tem algum estágio ou coisa do tipo?

— Não — disse Jule. — Não estou trabalhando.

— Vamos pagar suas despesas, é claro — disse Gil. — Podemos te dar cartões pré-pagos e bancar um hotel.

Os Sokoloff eram tão crédulos. Tão gentis. Tão idiotas. Os gatos e cachorros que faziam cocô no deque, o tanque de oxigênio, os álbuns de foto, a preocupação com Imogen, até mesmo a interferência, a bagunça, as costeletas de cordeiro, o modo como falavam, tudo era maravilhoso.

— Vou ficar feliz em ajudar — Jule disse a eles.

Ela pegou o metrô até seu apartamento. Abriu o computador, fez uma busca e encomendou uma camiseta vermelha de Stanford.

Quando chegou, alguns dias depois, puxou a gola até desbeiçar e jogou água sanitária na parte de baixo para desbotar um pouco.

Lavou-a várias vezes até ficar macia e com aparência de velha.

2

AINDA SEGUNDA SEMANA DE JUNHO, 2016
NOVA YORK

Um dia antes do jantar na casa da Patti, Jule estava parada em uma rua do norte de Manhattan, segurando um pedaço de papel com um endereço. Eram dez da manhã. Ela usava um vestido preto de algodão com decote quadrado que lhe caía muito bem. Os sapatos de salto também eram pretos, abertos atrás e de ponta bem fina. Eram pequenos demais para os pés dela. Jule carregava um par de tênis na bolsa. Ela tinha se maquiado como imaginava que uma universitária se maquiava. O cabelo estava preso em um coque.

A Greenbriar ocupava uma série de mansões reformadas na esquina da Quinta Avenida com a rua 82. O prédio do ensino médio, onde Jule ia trabalhar, tinha cinco andares. Uma escada curva levava às estátuas na entrada e a portas duplas enormes. Parecia um lugar onde era possível ter uma educação extremamente incomum.

— O evento é no salão de baile — disse o guarda quando ela entrou. — Suba as escadas à direita até o segundo andar.

O piso na entrada era de mármore. Uma placa à esquerda indicava ESCRITÓRIO CENTRAL, e um mural de cortiça ao lado listava as faculdades para as quais iriam os formandos: Yale, Penn, Harvard, Brown, Williams, Princeton, Swarthmore, Dartmouth, Stanford. Pareciam locais fictícios para Jule. Era estranho vê-los escritos como se fossem um poema, cada nome em sua própria linha, cada palavra significando uma imensidão.

No fim das escadas, estava o salão de baile. Uma mulher usando um blazer vermelho que parecia ser a organizadora caminhou em sua direção estendendo a mão.

— Você é do bufê? Bem-vinda à Greenbriar — ela disse. — Fico feliz que possa nos ajudar hoje. Sou Mary Alice McIntosh, responsável pela captação de recursos.

— Muito prazer. Sou Lita Kruschala.

— A Greenbriar foi pioneira em educação voltada a mulheres, em 1926 — McIntosh disse. — Ocupamos três mansões em estilo *beaux-arts* que originalmente eram residências particulares. Os edifícios são tombados, e hoje somos financiados por filantropos e defensores da educação para mulheres.

— Não tem meninos na escola?

McIntosh entregou um avental preto amarrotado para Jule.

— Estudos mostram que garotas que frequentam colégios exclusivamente femininos tendem a cursar disciplinas menos tradicionais, como ciência avançada. Preocupam-se menos com a aparência, são mais competitivas e desenvolvem maior autoestima. — Ela recitou aquilo como se fosse um discurso que já tivesse repetido milhares de vezes. — Hoje esperamos receber centenas de convidados para o coquetel com música. Depois um almoço será servido nas salas do terceiro andar. — McIntosh acompanhou Jule até o salão de baile, onde mesas altas estavam sendo cobertas com toalhas brancas. —

As meninas se reúnem aqui às segundas e sextas, e no meio da semana usamos o espaço para aulas de ioga e palestrantes convidados.

Pinturas a óleo decoravam as paredes do salão. Pairava um cheiro forte de lustra-móveis. Três lustres pendiam do teto e havia um piano de cauda em um canto. Era difícil acreditar que alguém estudava ali.

McIntosh indicou Jule para o supervisor do bufê, e ela deu o nome de Lita. Amarrou o avental por cima do vestido. O supervisor colocou-a para dobrar guardanapos, mas, assim que ele lhe deu as costas, Jule atravessou o salão e espiou uma sala de aula.

Era cercada por prateleiras de livros. Uma das paredes tinha uma lousa digital e, em outra, havia uma fileira de computadores, mas de resto parecia velha. Havia um opulento tapete vermelho no chão. Cadeiras pesadas circundavam uma mesa larga e antiga. No quadro-negro, a professora tinha escrito:

> *Redação livre, dez minutos:*
> *"O importante é isso: ser capaz a qualquer momento de sacrificar o que somos pelo que poderíamos nos tornar."*
> *— Charles Du Bos*

Jule tocou a ponta da mesa. Ela ia sentar ali, naquele lugar, estava decidido. Seria seu lugar de costume, de costas para a luz que entrava pela janela e com os olhos voltados para a porta. Debateria a citação de Du Bos com as outras alunas. A professora, uma mulher de preto, ia observá-las não de uma forma ameaçadora, mas inspiradora. Acreditaria que suas meninas seriam o futuro.

Ouviu-se um pigarrear. Era o supervisor do bufê. Ele apontou para a porta. Jule o seguiu de volta para a pilha de guardanapos e começou a dobrar.

Um pianista chegou alvoroçado no salão. Era esquelético, ruivo e com sardas. Seus pulsos sobravam nas mangas do blazer. Ele tirou as partituras de um pacote, ficou um minuto ou dois mexendo no celular e então começou a tocar. A música era vigorosa e, de alguma forma, cheia de classe. Fez o salão parecer animado, como se a festa já tivesse começado. Quando terminou com os guardanapos, Jule se aproximou dele.

— Que música é essa?

— Gershwin — ele disse, com desdém. — Só posso tocar isso. Gente rica adora Gershwin.

— E você não?

Ele deu de ombros, ainda tocando.

— Paga o aluguel.

— Pensei que pessoas que tocavam pianos de cauda já tinham dinheiro.

— É mais frequente termos dívidas.

— Quem é Gershwin?

— Quem *foi* Gershwin? — Ele parou o que estava tocando e começou uma música nova. Jule observou as mãos dele deslizando pelas teclas e reconheceu o som. *Summertime, and the livin' is easy.*

— Conheço essa — ela disse. — Ele morreu?

— Faz muito tempo. Era das décadas de 20 e 30. Um imigrante da primeira geração; o pai era sapateiro. Surgiu na cena do teatro iídiche e começou a compor jazz popular pra ganhar dinheiro rápido, depois fez trilhas de filmes. Mais tarde, música clássica e ópera. Acabou rico, mas começou do zero.

Como era incrível ser capaz de tocar um instrumento, Jule pensou. O que quer que acontecesse a você, independente de como as coisas fossem na sua vida, era possível olhar para as mãos e pensar: *eu toco piano*. Você sempre saberia tal coisa a respeito de si mesmo.

Era como ser capaz de lutar, ela concluiu. E de mudar de sotaque. Eram poderes físicos. Nunca iam deixá-la, não importava sua aparência, nem quem a amasse ou deixasse de amar.

Uma hora depois, o supervisor do bufê deu um tapinha no ombro de Jule.

— Tem molho de coquetel em você, Lita — ele disse. — Sour cream também. Vá se limpar e trocar de avental.

Jule olhou para baixo. Tirou o avental e entregou a ele.

Alguém estava usando o banheiro mais próximo do salão de baile, então Jule subiu a escadaria de pedra até o terceiro andar. Viu de soslaio um par de salas elegantes. As mesas estavam decoradas com buquês de flores cor-de-rosa. Os convidados se cumprimentavam e eram apresentados uns aos outros.

O banheiro feminino tinha uma antessala com papel de parede verde e dourado e um sofá pequeno e ornamentado. Jule a atravessou e abriu a porta que levava ao banheiro. Lá, tirou os sapatos. Seus pés estavam inchados e sangrando no calcanhar. Ela os limpou com uma toalha de papel úmida. Depois, passou outra no vestido até que ficasse limpo.

Voltou para a antessala descalça e encontrou uma mulher de uns cinquenta anos sentada no sofá. Era bonita, no estilo da alta sociedade nova-iorquina: pele bronzeada com blush cuidadosamente aplicado e cabelo tingido de castanho. Estava com um vestido de seda verde, que a fazia parecer parte daquele lugar, sentada naquele sofá de veludo verde, diante do papel de parede verde e dourado. Suas pernas estavam à mostra enquanto colocava band-aids em bolhas nos dedos dos pés. Um par de sandálias de salto jazia no chão.

— O calor faz meus pés incharem — a mulher disse —, e aí o sofrimento não tem fim. Acontece com você também?

Jule respondeu com um sotaque padrão igual ao dela.

— Pode me emprestar um?

— Tenho uma caixa cheia — a mulher disse. Ela revirou sua enorme bolsa e puxou a embalagem. — Vim preparada. — As unhas das suas mãos e dos seus pés estavam pintadas com um esmalte rosa-claro.

— Obrigada. — Jule sentou ao lado dela e cuidou dos próprios pés.

— Não se lembra de mim, né? — disse a mulher.

— Eu...

— Não se preocupe. Eu me lembro de *você*. Você e minha filha Immie sempre foram a cara uma da outra de uniforme. As duas tão pequenininhas, com aquelas sardas fofas no nariz.

Jule piscou.

A mulher sorriu.

— Sou a mãe de Imogen Sokoloff, querida. Pode me chamar de Patti. Você foi na festa de aniversário dela, no primeiro ano, lembra? Quando dormiu em casa e fizemos bolo no palito. Você costumava fazer compras com ela no SoHo. Ah, levamos vocês para assistir a *Coppelia* no American Ballet Theatre, lembra?

— Claro — disse Jule. — Sinto muito por não ter te reconhecido logo de cara.

— Não se preocupe — disse Patti. — Esqueci seu nome, devo dizer, apesar de nunca esquecer um rosto. E você tinha aquele cabelo azul divertido.

— É Jule.

— Claro. Eu adorava ver você e Immie tão amigas no primeiro ano. Depois que foi embora, ela começou a sair com aqueles moleques da Dalton. Nunca gostei deles nem metade do que gostava de você. Tem poucos recém-formados aqui no evento, acho. Talvez ninguém que você conheça. Só velhas como eu.

— Eles me mandaram um convite e vim por causa do Gershwin — disse Jule. — E pra ver como o lugar ficou depois que fui embora.

— Que ótimo que gosta de Gershwin — disse Patti. — Quando era adolescente, eu só ouvia punk rock; depois, com uns vinte, Madonna e sei lá mais o quê. Em que universidade você está?

Uma pausa. Uma escolha. Jule jogou a embalagem do band-aid no lixo.

— Stanford — ela respondeu. — Mas não tenho certeza se vou voltar. — Ela revirou os olhos de forma cômica. — Estou em pé de guerra com o departamento de auxílio financeiro. — Tudo o que disse a Patti deixou uma sensação deliciosa em sua boca, como caramelo derretendo.

— Que pena — disse Patti. — Pensei que o sistema de auxílio financeiro fosse ótimo lá.

— Em geral, é — disse Jule. — Mas não para mim.

Patti olhou para ela com uma expressão séria.

— Acho que vai dar certo. Olhando para você, posso dizer que não vai deixar nenhuma porta se fechar. Tem um emprego temporário, estágio, algo assim?

— Ainda não.

— Então quero conversar com você sobre uma ideia que tenho. É algo maluco que me ocorreu, mas você pode gostar. — Ela tirou um cartão creme da bolsa e entregou a Jule. Nele havia um endereço na Quinta Avenida. — Tenho que voltar para casa para ver meu marido agora. Ele não está bem. Mas por que não vem jantar conosco amanhã? Sei que Gil vai ficar empolgado de receber uma das antigas amigas de Immie.

— Obrigada, eu adoraria.

— Às sete?

— Estarei lá — disse Jule. — E agora? Vamos ousar colocar os sapatos de novo?

— Ah, acho que não temos escolha — disse Patti. — Às vezes é bem difícil ser mulher.

1

PRIMEIRA SEMANA DE JUNHO, 2016

NOVA YORK

Dezesseis horas antes, às oito da noite, Jule saiu do metrô em um bairro deserto do Brooklyn. Tinha passado o dia procurando emprego. Era a quarta vez seguida que usava seu melhor vestido.

Não teve sorte.

Seu apartamento ficava acima de um mercadinho com um toldo amarelo encardido. Era sexta à noite e homens se agrupavam na esquina, conversando em voz alta. As latas de lixo nas calçadas transbordavam.

Jule só morava ali havia quatro semanas. Ela dividia o apartamento com outra menina, Lita Kruschala. Era dia de pagar o aluguel e não tinha dinheiro.

Não era próxima de Lita. Elas tinham se conhecido quando Jule respondera a um anúncio que vira na internet. Antes disso, estava em um albergue. Tinha usado a internet de uma biblioteca pública para procurar onde morar.

Quando foi ver o lugar, descobriu que era uma sala sendo oferecida como quarto, separada da cozinha por uma cortina. Lita disse que sua irmã tinha acabado de voltar para a Polônia, mas ela preferira ficar. Limpava apartamentos e trabalhava para um serviço de bufê, recebendo sempre em dinheiro. Não estava legalmente nos Estados Unidos e fazia aulas de inglês na ACM.

Jule disse a Lita que trabalhava como personal trainer. Era o que fazia na Flórida, e Lita acreditou. Ela pagou um mês de aluguel adiantado. Lita não pediu identidade. Jule nunca disse que seu nome era Julietta.

Algumas noites os amigos de Lita apareciam, falando polonês e fumando. Faziam carne ensopada e batatas cozidas. Quando isso acontecia, Jule colocava fones de ouvido e se encolhia na cama, treinando seus sotaques com tutoriais on-line. Às vezes Lita entrava no quarto de Jule com uma tigela de ensopado e entregava a ela sem dizer nada.

Jule tinha chegado a Nova York de ônibus. Depois do garoto e da raspadinha azul, depois das sandálias de tira e do sangue na calçada, depois que ele caiu, Julietta West Williams desapareceu do estado do Alabama. Também largou a escola. Tinha dezessete anos e não precisava se formar. Nenhuma lei a obrigava a fazê-lo.

As coisas poderiam ter dado certo se ela tivesse ficado. O garoto sobreviveu e nunca falou uma palavra. Mas poderia ter falado se ela tivesse ficado. Ou se vingado.

Pensacola, Flórida, ficava a algumas centenas de quilômetros de distância. Jule fora contratada para trabalhar na recepção de uma academia em um centro comercial. Os donos não exigiam que os funcionários tivessem certificado de personal trainer. Enchiam os garotos de esteroides, e era tudo meio ilegal.

Julietta treinava homens todos os dias. Seguranças, ladrões, guarda-costas, até mesmo alguns policiais. Trabalhara lá seis meses e ganhara músculos. O chefe tinha uma academia de artes marciais a um quilômetro e meio de distância e deixava ela ter aulas de graça lá. Julietta pagava um quartinho com cozinha toda semana. Comprou um laptop e um celular. E guardava o resto do dinheiro.

Na hora do almoço, costumava descer a avenida até o shopping. Era um lugar sofisticado, com fontes e lojas caras. Ela lia na arejada livraria, ficava olhando vestidos de mil dólares e testava maquiagem na loja de departamentos. Aprendeu o nome das melhores marcas. Reinventou-se com pós, cremes e brilhos. Seu rosto estava de um jeito um dia e diferente no outro. Nunca gastava um centavo.

Foi como ela conheceu Neil. Era um cara magro que usava jaqueta de couro bege. De vez em quando, ele passava a tarde matando o tempo conversando com as meninas no balcão de maquiagens. Usava Nikes personalizados e tinha sotaque do sul. Não devia ter mais do que vinte e cinco anos. Seu rosto era branco e suas bochechas, vermelhas. Usava costeletas e carregava uma cruz dourada no pescoço. Era o tipo de cara que falava alto demais no cinema e sempre comprava pipoca grande.

— Neil do quê? — Julietta perguntou.

— Não uso meu sobrenome — ele respondeu. — Não é tão bonito quanto eu.

Ele era um homem de negócios. Foi o que disse quando ela perguntou o que ele estava fazendo nos balcões de maquiagem:

— Sou um homem de negócios.

Ela ficou se perguntando de onde vinha aquela frase. Sabia o que ele queria dizer.

— Você poderia ganhar muito mais dinheiro trabalhando pra mim. Eu te trataria muito bem — Neil disse a ela. Era o terceiro dia em que conversavam. — Como você ganha a vida, lindinha? Estou vendo que não está gastando dinheiro aqui.

— Não me chame de lindinha.

— Por quê? Você é linda.

— Acha mesmo que essa conversa vai fazer alguma garota gostar de você?

Ele deu de ombros e riu.

— Acho.

— Então conhece umas garotas bem idiotas.

— Conheço garotas letais, isso sim. Elas podem te mostrar o trabalho. Não é difícil.

— Certo.

— Você ia ficar limpa. Pode descolar umas roupas legais. Dormir até tarde todas as manhãs.

Julietta o havia dispensado aquele dia, mas Neil tinha voltado a rondar o balcão de maquiagens algumas semanas depois. Daquela vez, pediu com tanta educação que ela deixou que lhe pagasse um burrito. Eles sentaram a uma mesa pequena perto de uma fonte.

— Homens gostam de mulheres musculosas, sabia? — Neil afirmou. — Não todos, mas uma boa parte. Principalmente os que gostam de receber ordens. Querem uma garota com seu corpo, que não admita ser chamada de “lindinha”. Entende o que quero dizer? Posso te conseguir um bom dinheiro de certo tipo de homem. De verdade.

— Não vou pra rua — ela disse.

— Não seria na rua, novata. É um conjunto de apartamentos com porteiro e elevador. Banheiras de hidromassagem. Tenho um guarda que patrulha o corredor, mantém todo mundo em segurança. Escuta, você está passando por um momento difícil. Eu sei, porque já estive no seu lugar. Comecei do zero e trabalhei muito para ter uma vida melhor. Você é uma garota esperta, bonita e diferente. Tem um corpo de arrasar, cheio de músculos, e acho que merece mais do que tem agora. Só isso.

Julietta ouviu.

Ele estava dizendo o que ela sentia. Neil a compreendia.

— De onde você é, Julietta?

— Alabama.

— Você tem sotaque do norte.

— Perdi o sotaque.

— O quê?

— Eu troquei.

— Como?

Os caras da academia onde Julietta trabalhava eram velhos. Só queriam falar de quilometragem, pesos e dosagens. E eram as únicas pessoas com quem ela conversava. Neil pelo menos era jovem.

— Um dia, quando eu tinha nove anos — ela disse —, eu tive... digamos que foi um dia ruim. O professor insistia pra gente ficar quieto. Gritava para que *eu* ficasse quieta. "Cale a boca, menina, você já falou demais." "Pare de bater, menina, aprenda a conversar." Era tudo isso ao mesmo tempo. Eles acabam com você. Querem que seja pequena e silenciosa. *Bom* era apenas outra palavra para *não revide.*

Neil concordou.

— Sempre tomei bronca por ser barulhento.

— Um dia, ninguém foi me buscar na escola. Simplesmente ninguém apareceu. Os funcionários da secretaria ligaram várias vezes pra minha casa e ninguém atendeu. Uma professora ligou para a srta. Kayla e ela me levou para casa. Já estava escuro. Eu mal a conhecia. Entrei no carro porque tinha um cabelo bonito. É, que idiota, entrar no carro de uma estranha, eu sei. Mas ela era professora. Me deu uma caixinha de balas. Enquanto dirigia, falou sem parar pra me animar, sabe? E ela era do Canadá. Não sei de qual estado, mas tinha sotaque.

Neil assentiu.

— Comecei a imitar a srta. Kayla — Julietta continuou. — Fiquei curiosa para saber por que ela falava daquele jeito. Pronunciava muita coisa diferente, principalmente as vogais. E fiz com que risse imitando seu sotaque. Ela me falou que eu a imitava bem. Depois fomos para a minha casa e a srta. Kayla me acompanhou até a porta.

— E depois?

— Tinha gente em casa.

— Droga.

— É. Ela estava vendo TV. Não tinha lembrado de ir me buscar. Ou só não foi. Sei lá. Era uma droga de qualquer jeito. Ela não tinha se dado ao trabalho de atender o telefone, o tempo todo que a escola ligou. Abri a porta e entrei. Eu disse: "Onde você estava?". Ela disse: "Silêncio. Não está vendo que estou assistindo TV?". Eu disse: "Por que você não atendeu o telefone?". Ela disse: "Eu falei pra você ficar quieta". Só mais um jeito de se dizer "Cale a boca e não revide". Então peguei uma tigela de cereal para jantar e fiquei assistindo a TV ao lado dela. Já estávamos assistindo havia uma hora quando tive uma ideia.

— Que ideia?

— A TV mostra como as pessoas devem falar. Apresentadores de jornal, pessoas ricas, médicos em seriados. Nenhum falava da mesma forma que eu. Mas todos falavam igual.

— Acho que sim.

— É verdade. Então entendi: aprenda a falar *daquele* jeito e talvez não te mandem calar a boca o tempo todo.

— Você aprendeu sozinha?

— Aprendi o sotaque padrão da TV primeiro. Mas agora sei fazer o de Boston, do Brooklyn, da Costa Leste, do sul, do Canadá, inglês da BBC, irlandês, escocês, sul-africano…

— Você quer ser atriz. É isso?

Julietta negou.

— Tenho coisas melhores em mente.

— Quer dominar o mundo, então.

— Algo do tipo. Preciso pensar.

— Você devia ser atriz — Neil disse, sorrindo. — Na verdade, aposto que vai acabar no cinema. Daqui a um ano eu vou estar tipo… uau. Essa Julietta costumava ficar no balcão da Chanel pra descolar maquiagem de graça. Eu falava com ela de vez em quando.

— Obrigada.

— Você precisa comprar umas roupas melhores. Precisa conhecer uns caras cheios da grana que te comprem joias e vestidos bonitos. Falar como se fala na televisão é uma coisa, mas, no momento, você só usa tênis e roupa de academia e tem esse corte de cabelo barato. Nunca vai chegar a lugar nenhum desse jeito.

— Não quero vender o que você vende.

— Me deixa ouvir seu sotaque do Brooklyn — disse Neil.

— Acabou meu horário de almoço. — Ela levantou.

— Ah. Irlandês, então.

— Não.

— Bem, todo mundo está sempre atrás de um emprego melhor. Aqui está meu telefone — Neil disse, tirando um cartão do bolso. Era preto e tinha um número de celular escrito em prateado.

— Tenho que ir.

Neil levantou sua coca como se fizesse um brinde.

Julietta riu enquanto se afastava.

Neil a fazia se sentir bonita. Era um bom ouvinte.

Na manhã seguinte, ela fez as malas e entrou em um ônibus para Nova York. Ficou com medo do que poderia se tornar se esperasse mais.

O aluguel de Jule ia vencer. Ela estava vivendo de macarrão instantâneo. Só tinha cinco dólares na carteira.

Nenhuma academia em Nova York contrataria alguém sem certificado. Ela não tinha diploma do segundo grau. Não tinha referências, porque havia largado seu primeiro e único emprego. Academias pagariam melhor, ela imaginava, e poderia economizar um pouco e depois procurar alguma coisa que lhe permitisse subir na vida. Se ninguém a contratasse, tentaria lojas de cosméticos, outros empregos no varejo, de babá, garçonete, qualquer coisa. Ela saía para procurar todos os dias, o dia todo. Não conseguia nada.

Parou no mercadinho embaixo de seu apartamento. Estava movimentado. Pessoas recém-saídas do trabalho compravam macarrão, feijão ou jogavam na loteria. Jule comprou um flã de baunilha individual por um dólar e pegou uma colher de plástico. Jantou aquilo enquanto subia as escadas até o apartamento que dividia com Lita.

As luzes estavam apagadas. Jule ficou aliviada. Lita tinha ido dormir cedo ou estava fora até mais tarde. De qualquer modo, não teria que inventar uma desculpa por não ter o dinheiro do aluguel.

Na manhã seguinte, Lita não saiu do quarto. Normalmente, ela acordava por volta das sete horas aos sábados para trabalhar no serviço de bufê. Às oito, Jule bateu na porta.

— Está tudo bem?

— Estou morta — Lita gritou do outro lado da porta.

Jule entrou.

— Você tem que trabalhar hoje, não tem?

— Às dez. Mas vomitei a noite toda. Bebi demais.

— Precisa de um copo de água?

Lita gemeu.

— Quer que eu vá no seu lugar? — Jule perguntou, tendo a ideia na hora.

— Acho que não — disse Lita. — Você sabe como trabalhar em um bufê?

— Sim.

— Se eu não aparecer, eles vão me demitir — Lita disse.

— Então eu vou — disse Jule. — Vai ser bom pra nós duas.

Lita balançou as pernas na beirada da cama e se agarrou na mesa lateral, parecendo enjoada.

— Está bem.

— Sério?

— Finja que sou eu.

— Não pareço com você.

— Não faz mal. O supervisor é novo, não vai saber diferenciar. É uma equipe grande. O importante é que meu nome esteja na lista de presença.

— Entendi.

— E se certifique de que te paguem antes de sair. Vinte a hora, em dinheiro, fora as gorjetas.

— Posso ficar com o dinheiro?

— Metade — disse Lita. — É o meu trabalho, afinal.

— Três quartos — disse Jule.

— Fechado. — Lita pegou o celular e anotou as informações em um pedaço de papel. — É na Greenbriar, no Upper

East Side. Você precisa pegar o ônibus até a estação de trem, depois fazer baldeação para pegar a linha verde.

— O que é?

— Uma festa para doadores da escola. — Lita voltou a deitar, se movimentando como se tivesse medo de balançar a cabeça. — Nunca mais vou beber. Ah, você precisa usar um vestido preto.

— Não tenho um.

Lita suspirou.

— Pega no meu armário. Eles vão te dar um avental. Não, não esse com renda. O de algodão.

— Vou precisar de sapatos também.

— Nossa, Jule.

— Desculpe.

— Pegue os de salto. Assim você ganha gorjetas melhores.

Jule apertou os pés nos sapatos de salto. Eram pequenos, mas ela deu um jeito.

— Obrigada.

— Também vou querer metade das gorjetas — disse Lita. — Esses são meus únicos sapatos bons.

Jule nunca tinha usado um vestido tão bonito. Era de algodão grosso, para usar durante o dia, com decote quadrado e saia rodada. Ela ficou surpresa por Lita ter uma roupa daquelas, mas a garota disse que tinha comprado barato em um brechó.

Jule saiu na rua com o vestido e tênis, carregando os sapatos de Lita na bolsa. O cheiro de Nova York no início do verão pairava no ar que a cercava: lixo, pobreza, ambição.

Ela resolveu atravessar a ponte do Brooklyn. Podia pegar direto a linha verde em Manhattan.

O sol brilhava quando ela saiu. As torres de pedra se aproximavam. Jule podia ver barcos no porto, deixando rastros na água. A estátua da Liberdade parecia forte e brilhante.

Era estranho como usar o vestido de outra pessoa fazia com que se sentisse renovada. Tinha a sensação de ser outra pessoa, de se transformar nela, de ser bonita e jovem, cruzando uma ponte famosa em direção a algo maior — que era o motivo de Jule ter ido para Nova York.

Nunca tinha sentido tal possibilidade até aquela manhã.

19

TERCEIRA SEMANA DE JUNHO, 2017

CABO SAN LUCAS, MÉXICO

Pouco mais de um ano depois, no Cabo Inn, às cinco da manhã, Jule cambaleou até o banheiro, jogou água no rosto e passou delineador nos olhos. Por que não? Ela gostava de maquiagem. Tinha tempo. Passou corretivo e pó, acrescentou uma sombra esfumada, rímel e um batom quase preto com gloss por cima.

Passou gel no cabelo e se vestiu. Jeans preto, botas e uma camiseta escura. Quente demais para o calor mexicano, mas prático. Fez a mala, bebeu uma garrafa de água e saiu.

Noa estava sentada no corredor, encostada na parede, segurando um café fumegante com as duas mãos.

Esperando.

A porta se fechou. Jule se encostou nela.

Droga.

Ela pensou que estaria livre, ou quase livre. Agora tinha uma luta pela frente.

Noa parecia confiante, até mesmo relaxada. Ela permaneceu sentada, com os joelhos dobrados. Equilibrando o copo de isopor.

— Imogen Sokoloff? — ela disse.

Espere. O quê?

Noa achava que ela era Imogen?

Imogen, é claro.

Ela havia tentado se aproximar de Jule com Dickens. E um pai doente. E gatos abandonados. Porque sabia que aquelas coisas atrairiam *Imogen Sokoloff* para a conversa.

— Noa! — Jule disse, retomando o sotaque britânico da BBC e sorrindo, encostada na porta do quarto. — Ah, nossa, você me assustou. Por que está aqui?

— Quero conversar com você sobre o desaparecimento de Julietta West Williams — Noa disse. — Você conhece alguém com esse nome?

— Como é? — Jule ajeitou a bolsa de modo que ficasse transpassada no corpo e não caísse com facilidade.

— Pode parar com o sotaque, Imogen — disse Noa, levantando devagar para não derramar o café. — Temos motivos para acreditar que você está usando o passaporte de Julietta. As evidências apontam que você simulou a própria morte em Londres há alguns meses, depois transferiu seu dinheiro para ela e assumiu sua identidade, possivelmente com a cooperação da própria Julietta. Mas ninguém a vê há semanas. Ela não deixou nenhum rastro depois de um tempo da execução de seu testamento, até você começar a usar cartões de crédito com o nome dela no Playa Grande. Parece familiar? Preciso ver algum documento de identificação seu.

Jule precisava processar todas essas novas informações, mas não havia tempo. Tinha que agir de imediato.

— Acho que está me confundindo com outra pessoa — ela disse, mantendo o sotaque britânico. — Sinto muito não ter ido à noite de jogos. Me deixe pegar minha carteira e tenho certeza de que vamos resolver tudo isso.

Ela fingiu que ia olhar dentro da bolsa e, em dois passos, estava em cima de Noa. Chutou o copo de café por baixo. Ainda estava quente e espirrou na cara da investigadora.

Noa jogou a cabeça para trás, e Jule bateu forte com a mala nela. Ela atingiu Noa na lateral da cabeça, derrubando-a no chão. Jule levantou a mala novamente e bateu com ela no ombro da mulher. Repetidas vezes. Noa caiu no chão e tentou agarrar o tornozelo de Jule com a mão esquerda enquanto tentava alcançar a barra da própria calça com a direita.

Aquela mulher estava armada? Sim. Tinha algo preso à perna.

Jule pisou com a bota sobre os ossos da mão de Noa. Ouviu-se um estalo e a mulher gritou, mas a outra mão ainda estava tentando agarrar o tornozelo de Jule para desequilibrá-la.

A garota se apoiou na parede e chutou a cara de Noa. Quando a investigadora se encolheu, levando as duas mãos ao rosto para proteger os olhos, Jule levantou a calça dela.

Havia uma arma presa à panturrilha. Jule a pegou.

Apontou a arma para Noa e se afastou pelo corredor, arrastando a mala.

Quando chegou às escadas, Jule virou e saiu correndo.

Saindo pelos fundos, passou os olhos sobre as latas de lixo e os carros estacionados. Havia bicicletas encostadas atrás do prédio.

Não. Jule não podia pegar uma bicicleta, porque não podia deixar a mala para trás.

Descendo a ladeira, a rua se abria em uma praça grande com uma cafeteria.

Não, seria muito óbvio.

Jule correu pelo estacionamento. Quando virou a esquina, viu uma janela que dava para um quarto ao longo da parede lateral. Estava entreaberta.

Jule olhou lá dentro.

Vazio. A cama estava arrumada.

Ela arrancou a tela da janela e a jogou no quarto. Empurrou a mala pela abertura — ela mal passava —, que bateu na persiana barata. Jogou a bolsa e saltou sobre o peitoril. Ralou a pele ao passar e aterrissou com tudo no chão. Depois fechou a janela, ajustou a persiana, jogou suas coisas e a tela arrancada no banheiro e se fechou lá dentro.

Era o último lugar em que Noa ia procurá-la.

Jule sentou na beirada da banheira e se obrigou a respirar devagar. Abriu a mala, tirou a camiseta preta e vestiu uma blusa branca, então colocou a peruca ruiva na cabeça e escondeu os cabelos dentro. Fechou a mala.

Pegou a arma e enfiou na parte de trás da cintura, como havia visto as pessoas fazerem em filmes.

Alguns minutos depois, ouviu Noa passar pela janela do quarto. A investigadora estava falando ao celular e andava devagar.

— Eu sei — ela disse. — Subestimei a situação, já percebi.

Uma pausa.

— Era uma coisa de pouca importância, uma herdeira fugitiva. — Noa parou de falar para ouvir. — Uma riquinha extravagante. As evidências que temos até agora dão a entender que ela e a amiga simularam um suicídio que deixaria ambas vivendo bem. As duas queriam fugir juntas. Queriam escapar das coisas de sempre: ex-namorado obsessivo, pais controladores. A amiga acha que compartilhariam a herança, mas a herdeira age pelas costas dela. Ela assume a identidade da amiga e depois se livra dela... Meu palpite é um assassino de aluguel, provavelmente na Inglaterra. A amiga está desaparecida. Foi vista pela última vez em Londres, em abril. Enquanto isso, a herdeira, usando o nome dela, foge com todo o dinheiro e estaria vivendo feliz se não fosse pelo namorado obsessivo que não consegue acreditar que ela se matou e fica pressionando a polícia. Finalmente, começam a achar que ele pode ter razão. Vão investigar e, depois de um tempo, descobrem que o cartão de crédito dela está sendo usado em um resort no México.

Mais uma pausa enquanto Noa ouvia.

— Ah, você não espera um ataque de uma menina como aquela, uma aluna da Vassar. Ninguém podia imaginar. Ela tem pouco mais de um metro e meio. Usa tênis de trezentos dólares. Não pode me culpar.

Outra pausa, e a voz de Noa começa a desaparecer conforme ela se afasta.

— Bom, mande alguém, porque preciso de cuidados médicos. A garota pegou a minha arma. É, eu sei, eu sei. Só me mande alguma ajuda local, o.k.?

Forrest tinha mandado investigadores. Agora Jule compreendia. Ele nunca havia aceitado o suicídio de Immie, suspeitava de Jule desde o princípio, e em que havia se transformado todo o seu questionamento? Disseram-lhe que Imogen tinha cometido uma fraude para se livrar dele, que a pobre Jule estava morta e não passava de uma vítima ingênua.

Ela saiu do banheiro engatinhando e espiou pela janela. Noa descia a ladeira segurando o braço e o ombro.

Havia um ônibus na estrada. Jule pegou a mala e a puxou pelo corredor, depois saiu do quarto por uma porta lateral. Caminhou calmamente para a beira da estrada e levantou o braço para fazer sinal.

O ônibus parou.

Ela respirou fundo.

Noa não se virou.

Jule entrou no ônibus.

Noa não se virou.

Jule pagou a passagem e as portas do ônibus se fecharam. Um carro parou onde Noa estava, protegendo a mão quebrada. A investigadora mostrou o distintivo para a pessoa no interior.

O ônibus saiu na direção oposta. Jule sentou no banco desgastado que ficava mais perto do motorista.

Ele pararia onde ela quisesse descer. Era assim que funcionavam os *supercabos*.

— *Quiero ir a la esquina de Ortiz y Ejido. ¿Puedes llevarme cerca de allí?* — Jule perguntou. Era onde o atendente do hotel havia dito que um cara vendia carros usados. Pagamento em dinheiro, sem perguntas.

O motorista confirmou.

Jule West Williams se inclinou para a frente no assento.

Ela tinha quatro passaportes, quatro carteiras de motorista, três perucas, milhares de dólares em dinheiro e um número de cartão de crédito que pertencia a Forrest Smith-Martin, que serviria para comprar a passagem de avião.

Na verdade, ela poderia fazer muitas coisas com aquele cartão de crédito. Ela *poderia* pagar Forrest pelo transtorno que lhe havia causado.

Era tentador.

Mas provavelmente não ia se dar ao trabalho. Forrest não significava nada para Jule agora que ela não precisava ser Imogen Sokoloff.

O restinho de Immie que havia dentro dela havia ido embora, como pedrinhas levadas da praia por uma onda.

Jule ia se tornar outra pessoa. Haveria outras pontes para atravessar e outros vestidos para usar. Ela tinha mudado seu sotaque, tinha mudado seu próprio eu.

Poderia fazer aquilo novamente.

Tirou o anel de jade em forma de serpente, jogou-o no chão e o observou rolar para o fundo do ônibus. Em Culebra, ninguém pedia documentos.

A arma parecia quente em suas costas. O coração dela nunca poderia ser partido.

Como a heroína de um filme de ação, Jule West Williams era o centro da história.

NOTA DA AUTORA

Fui inspirada por muitos, muitos livros e filmes enquanto escrevia *Fraude legítima*: histórias vitorianas sobre órfãos ou trapaceiros, romances com anti-heróis, filmes de ação e *noir*, HQS de super-heróis, narrativas contadas de trás para a frente, textos ficcionais centrados na mobilidade social e livros sobre a vida de mulheres infelizes e ambiciosas. O romance que escrevi parece, a meu ver, ser construído de camadas sobre camadas de referências. Não é possível nomear tudo o que me influenciou, mas tenho uma dívida, em especial, com Patricia Highsmith por *O talentoso Ripley*, Mark Seal por *The Man in the Rockefeller Suit*, e Charles Dickens por *Grandes esperanças*.

AGRADECIMENTOS

Obrigada a meus primeiros leitores pelo retorno detalhado que deram: Ivy Auki, Coe Booth, Matt de la Peña, Justine Larbalestier e Zoey Peresman. Agradeço ainda mais a Sarah Mlynowski, que leu diversos rascunhos. A fotógrafa Heather Weston criou uma belíssima sequência de imagens inspiradas pelo romance e contribuiu muito para que eu compreendesse sua estética. Estou em dívida com Ally Carter, Laura Ruby, Anne Ursu, Robin Wasserman, Scott Westerfeld, Gayle Forman, Melissa Kantor, Bob, Meg Wolitzer, Kate Carr, Libba Bray e Len Jenkin por seu apoio e pelas conversas. Minha agente, Elizabeth Kaplan, foi sensacional; o assistente dela, Brian McGuffog, me ajudou muito. Obrigada a Jane Harris e Emma Matthewson da HotKey e a Eva Mills e Elise Jones da Allen and Unwin por seu entusiasmo desde o começo. E a Ramona Jenkin por seu conhecimento de medicina. Tenho muita gratidão pela equipe incrível da Penguin Random House, incluindo John Adamo, Laura Antonacci, Dominique Cimina, Kathleen Dunn, Colleen Fellingham, Anna Gjesteby, Rebecca Gudelis, Christine Labov, Casey Lloyd, Barbara Marcus, Lisa Nadel, Adrienne Waintraub e, em especial, minha exigente, paciente e incentivadora supereditora, Beverly Horowitz. Obrigada à minha família, próxima e distante, e a Daniel Aukin, acima de tudo.

ESTA OBRA FOI COMPOSTA PELA SPRESS EM APOLLINE E IMPRESSA EM OFSETE PELA GRÁFICA BARTIRA SOBRE PAPEL PÓLEN SOFT DA SUZANO PAPEL E CELULOSE PARA A EDITORA SCHWARCZ EM SETEMBRO DE 2017

A marca FSC® é a garantia de que a madeira utilizada na fabricação do papel deste livro provém de florestas que foram gerenciadas de maneira ambientalmente correta, socialmente justa e economicamente viável, além de outras fontes de origem controlada.